Michael Fischer

Skorpion!

Ein Medienthriller

Pendo Zürich München

Handlung und
Personen dieses
Romans sind
erfunden,
Ähnlichkeiten
mit realen Orten,
lebenden und
verstorbenen
Personen rein
zufällig.

1.

Der Geruch sei unbeschreiblich gewesen, versicherte Frau Schindler immer wieder von neuem den eintreffenden Polizisten. Frau Schindler war die Hausmeisterin, die drei Wohnungen in dem kleinen Haus im Falkenried betreute. Endlich hatte sie einmal zu riechen bekommen, worüber man sonst nur in den Zeitungen las: Leichengeruch.

»Da steht immer, der sei süßlich«, erzählte Frau Schindler jedem, der es wissen wollte. Dabei sei der Geruch dumpf gewesen, ein wenig schneidend, so daß es einem den Atem nahm. So fremdartig, daß einem einfach die Worte dafür fehlten, beteuerte Frau Schindler kopfschüttelnd.

Nicht, daß dieser Geruch mit einem Mal die Luft erfüllt hätte! Er kam und ging immer wieder auf unerklärliche Weise, sonst wäre ihr, Frau Margot Schindler, doch viel früher aufgefallen, daß in der Wohnung von Eberhard Schütz etwas nicht stimmte. Frau Schindler wies in dem Zusammenhang die sie befragenden Polizisten auf ihr Recht hin, über alles, was in dem Haus geschah, im Bilde zu sein.

Mal hing der seltsame Geruch nur wie ein Hauch im Trep-

penhaus. Wenn es zog, war die Luft wieder rein. Als sie das erwähnte, mußte Frau Schindler kichern.
Sobald draußen dann das Klima umgeschlagen war, wenn die Hamburger Nässe in die Häuser drang, füllte sich auch dieses ihr anvertraute Anwesen wieder mit dem unerklärlichen Geruch. Erst in den letzten Tagen, führte die Hausmeisterin aus, verdichtete er sich zu einem unleugbaren Gestank. Aber erst der überquellende Briefkasten des Mieters Eberhard Schütz, nein, berichtigte sich Frau Schindler gegenüber dem Inspektor Pieter Jarosch, erst die fortwährenden Geräusche, die aus Schütz' Wohnung drangen, ließen Frau Schindler stutzig werden.
»Muß man sich vorstellen: seit zwei Wochen ununterbrochen diese Fernsehgeräusche!«
Komische Geräusche, Rauschen, Piepen, Fiepen, als ob jemand, so versuchte Frau Schindler die Geräusche zu beschreiben, an einem Radio herumdrehte, also bewußt Unschärfen einstellte. Schütz hatte oft tagelang seinen Fernsehapparat laufen, das ja. Er lief aber sicher seit zwei Wochen, sagten die Polizisten. Der Apparat war so überhitzt, daß von seinem Kunststoffgehäuse ein beißender Plastikgeruch ausging. Hinzu kam der Geruch von Verwesung. Als die Polizisten die Wohnungstür aufschlossen, war auf dem Bildschirm nur konfuses Flimmern zu erkennen; aus dem Lautsprecher drang Rauschen, Piepsen, Fiepen, wie Frau Schindler gesagt hatte. Als sie die Tür zum Zimmer, wo Schütz lag, aufstießen, nahm ihnen der Geruch den Atem; er schmerzte in den Lungen,

würgte im Magen. Doch Polizisten wissen Bescheid. So trieben sie die neugierige Frau Schindler aus der offenen Tür und schlossen den Toten wieder ein. Weil Schütz die Luken oben an den Fenstern offengelassen hatte, konnte die Luft zirkulieren, so daß es wenigstens keine beschlagenen Scheiben und kein Ungeziefer an der Leiche gab. Schütz' Leichnam war quasi mumifiziert.

Ehe sie sich dem Toten widmeten, sahen sich die beiden Polizisten in der kleinen Wohnung um.

»Verwahrlost«, registrierte Pieter Jarosch, »total verwahrlost.«

Sein Kollege Michaelis zuckte mit den Schultern, öffnete auch in der kleinen Küche das Oberlicht, sah in den Kühlschrank und in die Spülmaschine.

»Ein echter Ein-Personen-Haushalt«, meinte er.

»Zieh doch in dem Zimmer, wo der Tote liegt, noch die Vorhänge zu«, bat Jarosch seinen Kollegen. »Ich rufe derweil die Spurensicherung.«

Als Michaelis aus dem Totenzimmer kam, das Taschentuch noch vor der Nase, wischte er sich zunächst den Schweiß von der Stirn. Er war bleich. So etwas hatte er noch nie gesehen.

»Was meinen Sie, Chef? Selbsttötung oder Fremdverschulden?«

Um nicht schlapp zu machen, rettete sich Michaelis in Professionalität und Geschäftigkeit.

Diesmal zuckte Jarosch mit den Schultern. Die Wartezeit, bis die Kollegen von der Spurensicherung eintrafen, der Arzt sowie das Auto vom gerichtsmedizinischen Institut, verbrachte er damit, die Schränke und Schubfächer aller Küchenmöbel auf- und zuzumachen. Als ob er sich aus dem wenigen Geschirr, das der Tote besessen hatte, oder den mageren Vorräten ein Bild von dem Menschen machen könnte.

Der Tote lag wie schlafend auf dem Rücken auf einer mit einem Laken bezogenen Matratze, die ihm offensichtlich als Bett diente. Der Leichnam war tief in diese Unterlage eingesunken. Um die Leiche hatte sich diese schäbige Unterlage dunkel verfärbt, der Körper lag wie in einem Teerbad. Sein Kopf war von dickem Lockenhaar umrahmt. Grau-braun verfilzt, bedeckte es das schmuddelige Kopfteil der Matratze. Schütz' Gesichtszüge waren kaum noch zu erkennen, der Schädel war knöchern hervorgetreten, nur noch stellenweise mit einer papiernen, zerfetzten Haut bedeckt. Nur das mächtige, blinde Grinsen, das seine langen, gelben Zähne freilegte, deutete auf ein ehemals menschliches Antlitz hin. Schütz hatte wahrhaftig ein herrliches Gebiß gehabt.

Er hatte sich nur leicht bekleidet zum Sterben hingelegt. Die Fasern von Polohemd und Hose hatten sich mit dem zerfallenden Gewebe des Leichnams verwoben. Seidiger Glanz ging von seinen Extremitäten aus, die fast skelettiert waren. Keine Fingerabdrücke mehr feststellbar, das sah der Polizist auf einen Blick. Der Tod, meinte der Amtsarzt, müsse vor mindestens zwei Wochen eingetreten sein. Eberhards Hals sah schrecklich aus. Sehnen und Knorpel waren wie auf einer anatomischen Zeichnung freigelegt, die Muskeln zu trockenen Strängen geschrumpft, sein Adamsapfel war einfach verschwunden. Sämtliche Körpersäfte und Ausscheidungen waren in die Matratze eingedrungen, getrocknet zu einer dunkel-breiigen Masse.

Die Männer vom gerichtsmedizinischen Institut der Freien und Hansestadt Hamburg, angetan mit Plastikhandschuhen, hoben alles zusammen auf und schoben es in eine schwarze Folie. Diese verschlossen sie mit dickem Draht, drückten ein Siegel darauf und hoben diese sich in Auflösung befindliche Masse Mensch in den bereitgestellten Zinksarg.

Jarosch warf noch einen Blick auf den Unrat, der sich um das Lager des Toten angesammelt hatte: Zeitungen, Zeitschriften, Flaschen, Gläser, ein Haufen zerknüllte Papiertaschentücher, ein Teller, Brotreste, ein Fixerbesteck, eine kleine Plastiktüte mit den Resten des weißen Pulvers.

»Das untersuchen wir später«, sagte er zu seinem Kollegen Michaelis.

Danach öffnete er sämtliche Türen und Oberlichter der Wohnung, verschloß die Eingangstür zweimal und versah sie mit dem berühmten Siegel. Draußen setzte sich ohne Eile der graue Leichenwagen in Bewegung. Endlich schien einmal die Sonne an diesem kühlen Herbstnachmittag in Hamburg. Der Verkehr im stillen Stadtteil Eppendorf war ganz verstummt. Geruhsamer Ausklang des Wochenendes. Die Leute, die heute abend noch Besuch bekamen, begannen bereits mit ihren Vorbereitungen, Küchendüfte erfüllten die Luft.

»Wenn sich der Geruch verzogen hat, treffen wir uns noch

einmal in der Wohnung«, sagte Pieter Jarosch zu seinem jüngeren Kollegen Michaelis.
»Ich würde sagen, heute abend, gegen neun.«
Michaelis nickte, immer noch bleich, und verschwand in Richtung Eppendorfer Baum. Jarosch ging zur Isestraße, lief vom Jungfrauenthal zum Klosterstern hoch, um die U-Bahn zum Polizeihochhaus zu erreichen.
Feiner Sonntagnachmittag, dachte er. Dann besann er sich und rief noch Michaelis an, um ihm zu sagen, daß er nicht noch einmal in die Wohnung des Toten zu kommen brauche.

Jarosch hatte sich einen Becher Joghurt in die Wohnung im Falkenried mitgenommen. Wenn er den leergegessen hatte, so hoffte er, würde er doch sicher einen Beutel Tee darin aufbrühen können. Sorgfältig löste er das Siegel von der Tür wieder ab. Im Flur sah er sich vorsichtig um, als ob ihm irgend jemand in die Quere kommen könnte. Dann stieß er die Tür zu dem Wohn- und Schlafraum auf, in dem sie heute mittag den Toten gefunden hatten. Er vergewisserte sich, daß die Vorhänge dicht geschlossen waren, ehe er das Licht einschaltete.
Eberhard Schütz hatte nur eine Leuchte an seinem Bett stehen, eine billige, mit Papier überzogene, säulenförmige Stehlampe, die lediglich indirektes Licht gab. Den Müll um die ehemalige Bettstatt hatten die Kollegen von der Spurensicherung eingetütet und mitgenommen, jetzt lagen nur noch ein paar zerfledderte Zeitschriften verstreut herum, »Das Maga-

zin«, »Der Spiegel«, der »Stern«, das Hamburger Stadtblättchen »Szene« und jede Menge Tenniszeitschriften. Am Kopfende fanden sich ein paar ausgelatschte Tennisschuhe, vom roten Sand, wie er noch auf vielen Hamburger Tennisplätzen zu finden ist, verfärbt. Dann knipste der Polizist das Licht über der Sperrholzplatte an, die als Schreibtisch diente. Darauf lag ein Telefonbuch von Hamburg sowie ein dickes Notizbuch, das wohl Schütz als persönliches Telefonverzeichnis gedient hatte. Nein, eine Art Tagebuch. Jarosch blätterte die Seiten um, Namen, Orte, Daten, schwer lesbares Gekritzel. Dann auf einmal in Schönschrift, unter dem Stichwort November 1986, eine Eintragung:

Heute bin ich noch einmal mit Moni ausgegangen. Unsere Trennung, die mir zunächst wie ein schmerzloser Einschnitt vorkam, tut mir mehr weh denn je. Vor allem vermisse ich unseren gemeinsamen Sohn. Oder wäre es doch der Sohn eines anderen gewesen? Manchmal martern mich diese Gedanken geradezu körperlich. Als wir im Eppendorfer »Wienerwald« saßen, spielte Moni immerzu nervös mit meiner Zigarettenschachtel und ließ den Aschenbecher zwischen ihren Fingern kreisen, komisch. Ich war ganz ruhig, trank mit einem Zug mein Bier aus.
»Trinkst du immer noch so viel?« wollte Moni wissen. Ich: »Prost!«
Moni war sanft, ahnte sie, daß ich sonst ganz verstummen würde? Denn ich hatte ihr etwas Wichtiges mitzuteilen. Ich

saß wohl so bleich am Tisch, als ob ich gleich umfallen würde. Spielte ein wenig Theater. Ich brauchte viel Anlaufzeit, um diesen einen Satz zu formulieren:
»Gestern habe ich der ›Szene‹ meinen Geburtstagsartikel fürs ›Magazin‹ abgeliefert. ›Der Menscheneigentümer‹ wird er heißen.«
Erwartungsvoll sah ich Moni an. Dann stierte ich auf den Kanal. Moni packte mich am Ärmel. Schnell trank ich das zweite Bier aus. Mein Magen schmerzte so sehr, daß ich von dem Zeug auf dem Teller nichts essen konnte.
»Wenn du damit Jahn eins reinwürgen willst, wird dir das nicht bekommen«, sagte sie nur.
Der macht dich Würstchen fertig, der ruiniert deine armselige Existenz, sollte das heißen. Wie überheblich sie auf einmal in ihrem Vorzeigekostüm dasaß. Ganz Dame, die Schlampe. Dabei zupfte sie weiter an ihrem Hendl.
Die Bedienung fragte mich unfreundlich:
»Hat es nicht geschmeckt?«
Moni: »Ihm ist schlecht. Er ist krank.«
Ich stand dann einfach auf, ließ sie allein vor ihrem »Wienerwald-Hendl« sitzen. Meine ehemalige Freundin, die jetzt mit meinem ehemaligen Chef liiert ist. Ich brauchte nur noch frische Luft und Gesellschaft an irgendeiner Theke, wo man mir noch Kredit einräumte. Mal sehen, wie lange noch. In den Boutiquen am Eppendorfer Baum waren inzwischen die Lampen angezündet worden, doch bei dem Nieselregen hatte niemand einen Blick für den Tand in den Auslagen.

Hier brachen die Notizen ab. Jarosch dachte noch: Der schreibt wie jemand, der in seine Schrift verliebt ist. Dann blätterte er ein paar Seiten weiter – leere Seiten, ein paar Skizzen – bis er am Ende des Tagebuchs wieder auf ein paar Blätter Schöngeschriebenes stieß. Eine Szene, diesmal aus der Sicht eines Erzählers geschrieben, in der dritten Person. Eine Art Fortsetzung? Oder nur eine Variante? Hinter »E.« versteckte sich wohl der Autor selber.

Ohne nach rechts oder links zu blicken, eilte E. in Richtung Hegestraße, wo ihn im »Souterrain« ein frisches Bier und ein gefüllter Würfelbecher erwarteten. Der Laden war voll, so daß sich E. seinen Weg mit den Armen bahnen mußte.
»Laßt doch mal den Griesgram durch«, nuschelte er dabei freundlich, »der Griesgram will doch auch heute wieder sein Bierchen.«
Kürzlich hatte man ihn an der Theke so genannt, »Griesgram«. Auch damit konnte er leben.
An der Bar erspähte er Wolf Hartter, dann nahm er sogleich Hartters Geruch wahr, dessen starke, muffige Ausdünstung. Hartter war mit einer brünetten Frau ins Gespräch vertieft und warf Eberhard beredte Blicke zu. Ach, Hartter, alte Kröte! Lügner! Verleumder! E. prostete seinem ehemaligen Kollegen vom »Magazin« doch noch freundlich zu, wandte dann seine ganze Aufmerksamkeit der Blume auf seinem Bierglas zu. Heute wollte er nur kurz im »Souterrain« bleiben.

»Kannste noch mal anschreiben?« fragte er den Fettkloß hinter der Theke. Als der nickte, machte E. kehrt und suchte durch die rauchverhangene Luft seinen Weg ins Freie. Nur raus aus diesem Loch! Zuhause lag gleich um die Ecke. Ehe er sich auf seine Matratze fallen ließ, ging er noch einmal seinen Artikel durch, den er zum vierzigsten Geburtstag des »Magazins« für eine Hamburger Szene-Zeitschrift geschrieben hatte. Buchstabierte sozusagen noch einmal die Wörter durch, mit denen er den Herausgeber des »Magazins«, seinen ehemaligen Arbeitgeber, bedacht hatte: Feldherr, Ekel, Menscheneigentümer.

Endlich war Jarosch neugierig geworden. Er suchte die Schreibplatte nach weiteren Aufzeichnungen ab oder wenigstens nach einer Ausgabe der Szene-Zeitschrift, von der die Rede war. In einem Körbchen aus Plastik lag ein Haufen Papier, Zeitungsausrisse, versehen mit Ausrufezeichen oder Fragezeichen und mit Bemerkungen am Rande. Auch die legte sich Jarosch zur Seite. Dann rückte er die Lampe höher, um die ganze Arbeitsplatte zu beleuchten.

Schütz hatte eine Menge Namen und Telefonnummern auf die rohe Platte gekratzt und gekritzelt und ulkige Sprüche daraufgeschreiben. (»Ich trinke, also bin ich.«) Die komische Platte war fast bis an die beiden Fenster gerückt, die aufs Falkenried hinausgingen. Unter ihr befand sich ein hoher Stapel Zeitschriften, alles Sportzeitschriften, Tennisblätter, Klubzeitschriften, Unmengen von »Kicker«-Magazinen.

Wie Säulen sollen die wohl die durchhängende Arbeitsplatte stützen, dachte Pieter Jarosch, als er Geräusche an der Wohnungstür vernahm.

2.

Am späten Sonntagabend des 11. Oktobers 1987 verließ der Reporter Wolf Hartter noch einmal seine Wohnung, um ein Verbrechen zu begehen. Eben hatte er in der »Tagesschau« vom Tod des schleswig-holsteinischen Ministerpräsidenten Uwe Barschel erfahren. Ein Suizid nach allen Regeln der Kunst. Nach einer Anleitung ausgeführt, die in den Buchhandlungen unter dem Titel »Gebrauchsanweisung zum Selbstmord« erhältlich ist.
Barschel hatte nach einer heftigen Kampagne der Hamburger Zeitschrift »Der Spiegel« seinem Leben in der Badewanne eines Genfer Luxushotels ein Ende gesetzt. Hartter war inzwischen Reporter beim Hamburger »Star« geworden. Diese bunte Illustrierte, mit Sitz inmitten der City gelegen, war zwar nicht so bedeutend wie der quasi benachbarte »Spiegel«, doch dafür wurden gewisse Dinge nicht so eng gesehen, war Hartter überzeugt. Gelegentlich allerdings blickte der Reporter neidisch auf das Treiben der Kollegen vom »Spiegel«, der Schatzsucher mit dem großen Spesenkonto. Wie es denen doch immer wieder gelang, Journalismus in die Tat umzusetzen! Hartter hatte ironisch in den

Spiegel gegrinst, als er sich in seinem Flur den Regenmantel übergezogen hatte. Erst Viëtor von der Neuen Heimat, jetzt Barschel aus Schleswig-Holstein, meerumschlungen. Hut ab! Doch heute nacht würde auch er, Wolf Hartter, einmal nicht nur zu den Berichterstattern, sondern zu den Urhebern eines Geschehens gehören. Er wandte sich der Glastür zu, öffnete diese geräuschlos und ließ sie ebenso leise wieder zufallen. Trotz seiner achtzig Kilo sprang er leichtfüßig die Treppen des hohen Jugendstilhauses hinunter, lief über die kleine Kurve aus der Rothenbaumchaussee und über den Klosterstern ins Jungfrauenthal hinüber. Hier war nichts mehr von dem ehedem noch milden Herbst zu spüren. Nach einer Woche feucht-kalter Witterung waren die Hamburger ihres Wetters wieder überdrüssig geworden. Fatalistisch sahen sie nun dem Winter entgegen, der sich wohl wieder grau und regnerisch gebärden würde. In dieser Nacht wehte ein scharfer Wind, Hartters widerspenstige Locken drehten sich zu einem dunklen Turban auf. Bei Licht hätte man erkennen können, daß seine drahtigen Haare bereits von vielen weißen Fäden durchzogen waren. Wie bei einem Jüngling bedeckte schwarzer Flaum die Oberlippe des bald Sechsunddreißigjährigen, dann waren da noch ein paar Stacheln auf seinen Wangen; im übrigen war sein Gesicht glatt wie das eines Kindes. Ein wenig litt er unter diesem unmännlichen Äußeren, wenn er auch großen Erfolg bei Frauen hatte. Vielleicht war es sein unverwechselbarer Geruch, der ihn für Frauen so anziehend machte, wahrscheinlich schied er irgendwelche anregenden Substanzen aus.

Als er jetzt durch die dunklen Straßen eilte, saugte er gierig die frische Nachtluft ein. Der Wind! Der Wind! Er hatte heute abend eine Flasche Riesling aus dem Elsaß getrunken, es war ihm ganz wohl in seiner Haut. Der feine Hamburger Stadtteil Eppendorf lag still da, wie abgeschieden von allen kleinlichen Alltagssorgen. Hier war auch er zu Hause, stellte er mit der Genugtuung des Beschwipsten fest. Mit ihren sorgfältig renovierten Fassaden strahlten die mächtigen Eppendorfer Mietshäuser Wohlstand und Wohlanständigkeit aus. Viele Besitzer der teuren Wohnungen hatten um diese späte Stunde in der vorderen Räumen die indirekte Beleuchtung eingeschaltet und sich in die hinteren Gemächer zurückgezogen. Auch von dort strahlte das Licht wie auf eine große Bühne. Theater!

Draußen im Jungfrauenthal standen die wenigen Laternen wie Monde am Firmament. Die satte, feuchte Luft hatte um ihren Schein flimmernde Höfe gezaubert. Die Bäume, bereits halb entlaubt, raschelten wie Reisig in dieser schwarzen Nacht, durch die der Reporter Hartter auf leisen Sohlen glitt. In der Ferne jaulte eine Polizeisirene. Hartter überquerte flink die Fahrbahn, lief stracks unter der Hochbahn hindurch, die die Isestraße so weltstädtisch in der Mitte teilte, bog in die Klosterallee ein und überquerte dann die Brücke über den Isebekkanal. An der Spitze, wo Hegestraße und Lehmweg zusammentreffen, verschnaufte er erst einmal ein wenig. Sein Ziel, eine Wohnung im nahen Falkenried, würde er bald erreicht haben. Beim Chinesen an der Ecke wurde gerade geschlossen: »Feierabend um Mitternacht, ein schönes Bonmot«, dachte der Reporter laut. Der Besitzer des Lokals trat noch einmal vor die Tür, warf einen Blick auf das Viertel und nickte dem späten Wanderer zu. Kannte der ihn? Würde der ihn womöglich wiedererkennen? Instinktiv zog Hartter die Schultern hoch und schritt auf seinem Weg, ein Verbrechen zu begehen, eilig fort. Hier, inmitten der postmodernen Boutiquenherrlichkeit von Eppendorf, hatte sich ein Rest der kleinbürgerlichen Vergangenheit des Stadtteils erhalten. In den Hinterhöfen von Lehmweg, Löwenstraße und Falkenried befanden sich heute noch Handwerksbetriebe und kleine Fabriken. Und Kneipen.

Aus der finsteren Straße kam ihm mit aufgeblendeten Lichtern ein Auto entgegengerast, ein Irrer, ein Besoffener? Zwei-, dreimal betätigte der Fahrer die Lichthupe, dann schoß der Volkswagen mit rasselndem Motor an Hartter vorbei. Der Spaziergänger war geblendet, nur langsam wich das grelle Scheinwerferlicht in seinen Augen einer dumpfen Schwärze. Plötzlich quietschten Reifen hinter ihm, Hartter hörte einen dumpfen Schlag, dann Blech auf Blech schrammen, Glas splittern, Stille. Hartter drehte sich erschrocken um und sah den Randstein entlang einen Motorradhelm kullern.

»Weiter, weiter, nur nicht Zeuge sein«, ermahnte er sich leise. Dann rannte er ins Falkenried, zu den seltsamen niedrigen

ehemaligen Arbeiterreihenhäusern. Auf einmal hatte er es gar nicht mehr eilig, sein Ziel zu erreichen. Sein Herz spürte er bis zum Hals schlagen. Wo hatte er nur das Plastiktütchen hingesteckt? Er griff zunächst vergeblich in die Innentasche seines Jacketts, dann fand er es in der Manteltasche. Originalverpackt, dachte er schon wieder ironisch. Stoff vom Feinsten, reinstes Heroin. Hatte ihn eine Stange Geld gekostet. Mit einer Prise dieses Stoffes würde er noch heute nacht Eberhard Schütz das Lebenslicht ausblasen.
Eberhard war bis vor einem Jahr noch sein Kollege beim »Magazin« gewesen, sein Zimmernachbar sozusagen. Bis er, Wolf Hartter, ganz plötzlich das Verlagshaus hatte verlassen müssen. Seitdem hat er Hausverbot beim »Magazin«. Ein paar Wochen später, komisch, hatte auch Schütz vom »Magazin« Abschied nehmen müssen – unter großem Getöse und unter Drohungen und mit der Ankündigung irgendwelcher »Enthüllungen«. Daraufhin erschien prompt in einer Hamburger Szene-Zeitschrift unter dem Titel »Der Menscheneigentümer« eine Abrechnung mit dem »Magazin«-Herausgeber aus Eberhards Feder. Eine private, weinerliche Tirade mit der Androhung weiterer Enthüllungen. Na ja, Schütz nahm gerne den Mund voll. Allerdings hatte ein Wort von Schütz, wie nebenbei zum »Magazin«-Herausgeber gesprochen, genügt, um auch ihn, Hartter, aus dem Verlag zu katapultieren. Ehrlich gesagt, hatten sich die beiden, Hartter und Schütz, von Anfang an nicht sonderlich gemocht. Als Schütz eines Tages im »Magazin« auftauchte, erinnerte sich

nun Hartter in dieser kühlen Oktobernacht zum hundertstenmal, verspürte er sogleich eine undefinierbare Irritation, eine unaussprechliche Gefahr. Bei Schütz verwandelte sich diese Abneigung im Lauf der Zeit zur Gleichgültigkeit, bei Hartter entfachte sie lodernen Haß. Seit drei, vier Monaten bereits versorgte Hartter den Ex-Kollegen Schütz mit diesem feinen, weißen Stoff – nur, um sich an dessen Verfall zu weiden. Bei seinen regelmäßigen Besuchen verfolgte er Eberhards Niedergang mit geradezu wissenschaftlicher Neugier. Nur noch eine Frage der Zeit, dachte er immer, wenn er den Süchtigen im Morgengrauen verließ. Dann zischte er leise dem Dahindämmernden ins Ohr:

»Schütz muß sterben! Schütz muß sterben. Egal, wann. Irgendwann. Bald. Rache ist geduldig.«

In den letzten acht Tagen – oder waren es schon wieder zwei Wochen, ach, wer zählt denn schon die Tage? – hatte er gar nichts mehr von Schütz gehört; also auch seine Besuche ausfallen lassen. Schütz hatte von einer Reise gelabert, die er antreten wollte, nach Israel, glaubte sich Hartter zu erinnern, ausgerechnet. Traumtänzer! Seinen Hintern würde der sowieso nicht mehr über die Schwelle schleppen können.

Hartters Blick streifte über die erleuchteten Fenster im Falkenried. Düfte von allerlei exotischen Speisen hingen in der Luft, bei Spätaufstehern wird eben spät getafelt. In diesem ehemals proletarischen Teil von Hamburg-Eppendorf hatten sich heute Intellektuelle, Ausländer, Studenten, Universitätsangestellte und eben Eberhard Schütz eingenistet. Es war eine

Art mediterrane Oase inmitten der kühlen Hansestadt, beim ersten Sonnenstrahl schafften die Leute hier Stühle und Bänke auf die Straße und in die Hinterhöfe, niedlich. »Zufahrt nur für Fahrzeuge der Feuerwehr« war auf den Verkehrsschildern am Ein- und Ausgang vom Falkenried zu lesen. An einem stehengebliebenen Betonbunker aus dem Zweiten Weltkrieg lehnte eine Reihe Fahrräder. Hartter spuckte auf einen der Sättel.

Zu dieser Stunde schwirrten auch noch fremde Laute durch die Gasse, fremdartige Musik. Das brauchen die wohl zur Verdauung, dachte der Reporter. Neugierig schaute er in die niedrigen Fenster hinein, wo fast überall die Wände mit Bücherregalen und Schallplattenetagen vollgestellt waren, wo zugleich akademische Unordnung herrschte und uniforme Gemütlichkeit zu Hause war. Abfällig verzog Hartter seinen Mund. Vor einem der alten Reihenhäuser stand ein Müllcontainer, von dem hastig eine Katze verschwand. Luxussanierung.

Wird unser Pusher nicht mehr viel von haben, dachte der Dealer Hartter nun mitleidslos. Lange hatte er sich bereits mit dem entsetzlichen Gedanken beschäftigt, irgendwann einmal Schütz den Garaus zu machen, zu lange schon. Die Demütigungen, die er seit seinem Rausschmiß aus dem »Magazin« zu ertragen hatte, sein Spießrutenlaufen durch den deutschen Blätterwald. Heuchler! Alle! Verdammt! Hartter hatte sich so intensiv mit diesem schrecklichen Gedanken vertraut gemacht, daß ihn die Ausführung jetzt keine große Überwindung mehr kosten würde. Endlich! Heute nacht!

Bei Eberhard brannte noch Licht, das sah er bereits von hier aus.
Hätte ich nur meine Pfeife dabei, dachte er mißmutig.
Eberhard hatte immer nur so starken Stoff zum Schmauchen. »Arme Sau«, dachte Hartter jetzt, oder hatte er es gar geflüstert?
Doch hier war niemand, der ihn hören könnte.
Leiser Ärger überkam ihn, als er endlich vor Eberhards Haustür stand. Ein wenig zitterte er doch. Aus der Wohnungstür fiel schwaches Licht. Geräusche wie Räuspern oder Flüstern drangen nach außen, jemand ging geschäftig hin und her. Sprach Schütz jetzt schon mit sich selbst? Aber das waren nur die kahlen Äste der Kastanienbäume.
Heute will ich den Pusher einmal überraschen, dachte Hartter.
Er fingerte den Schlüssel heraus, den ihm Eberhard für alle Fälle gegeben hatte, und versuchte ungeschickt, damit die Tür zu öffnen. Zugleich setzte er mechanisch sein Lächeln auf.
»Der Dealer kommt, der Dealer kommt! Wie geht's denn heute unserem Patienten?«
Mit einem Schlag wurde die Türe aufgerissen, ein Unbekannter stand im Türrahmen und verdeckte wie mit Absicht die dahinterliegenden Räume. Hartter fing vor Überraschung an zu stammeln.
»Hartter«, sagte er ein paar Mal hintereinander. »Mein Name ist Hartter. Ich möchte Eberhard Schütz sprechen.«

Sein massiges Gegenüber stutzte, wandte sich dann unentschlossen um. Dann nickte der Mann dem Reporter zu und bat ihn, einzutreten.
»Herr Hartter?«
»Exkollege von Schütz und 'ne Art Freund«, beeilte er sich hinzuzufügen.
'Ne Art Freund. Der Polizist runzelte die Stirn:
»Auf Sie habe ich sozusagen gerade gewartet. Herr Schütz ist tot. Mein Name ist Jarosch, Polizei Hamburg. Pieter Jarosch.«
Er deutete ins Innere der Wohnung. Wie ein Schlafwandler ließ Hartter sich hineinführen.
»Wußten Sie das denn nicht?« fragte der Beamte.
Hartter schüttelte nur gleichmütig den Kopf. Jarosch zog ihn am Ärmel weiter, hinein in die Küche. Der Raum roch nach abgestandener Luft, und da war noch ein anderer, eigentümlicher Gestank.
»Setzen Sie sich doch erst einmal auf diesen Schreck, Herr Hartter«, sagte der Beamte und schob ihm einen Joghurtbecher mit dampfenden Tee hin.
»Tot?« fragte Hartter immerzu mechanisch.
»Tot?« unwillkürlich mußte er dabei an einen schlechten Krimi denken, an einen »Derrick«. Den Schlüssel zu Eberhards Wohnung hielt er immer noch krampfhaft in der Hand.
»Wie kommen Sie zu diesem Schlüssel?«
Der Polizist bat den Reporter dann, doch freundlicherweise einmal seine Taschen auszuleeren.

»Sieh einmal an, ein Mitbringsel«, meinte er spöttisch, als Hartter den Umschlag auf den Tisch flattern ließ.
Jetzt hatte Hartter endlich seine Sprache wiedergefunden.
»Ich rede nur im Beisein meines Anwalts«, sagte er trotzig.
Das hatte er wohl auch im Fernsehen aufgeschnappt. »Klar doch. Nebenan ist ein Telefon. Bedienen Sie sich.«
Fortan kam von Hartter kein Ton mehr. Beim Anblick des davoneilenden Hartter mußte Jarosch schmunzeln. Wie ein Dieb in der Nacht. Hasenfuß mit großer Klappe. Noch einmal ging er in das Zimmer, das Schütz als Wohn-, Schlaf- und Arbeitsraum und als Sterbezimmer gedient hatte. An der Wand über einem kleinen Stereoturm hing das Foto eines Tennisplatzes unter Palmen. Nein, nur ein billiges Poster. Daneben hingen zwei echte Tennisschläger über Kreuz. Wie das Emblem von Wimbledon, dachte Jarosch.
Auf einem wackeligen Schrank entdeckte der Polizist eine staubige Sporttasche, aus der ein Dutzend gelber und weißer Tennisbälle kullerten, als er sie herunternehmen wollte. Sonst war die Tasche bis auf roten Sand in den Ecken leer. Als er den Schrank öffnete, bot sich ein ähnliches Chaos: Klamotten lagen darin durcheinander, Sporthemden, Lacoste-Hemden, Shorts, Jeans; ein Regenmantel, ein Burberry, hing lappig über einem Drahtbügel, daneben ein altmodisches, grünes Sakko. Auf dem Boden des Schranks lagen noch zwei Tennisschläger, alte, hölzerne Prügel inmitten von Tennisschuhen, Socken, Bällen, Handtüchern. Im Schrank roch es wie in einer Männerumkleidekabine. Und überall dieser rote Sand.

Jarosch sah aus seiner hockenden Position, daß ganz hinten unter der Arbeitsplatte noch ein hoher Kasten verborgen war, eine Art Nachtschränkchen auf Rädern. Dessen drei Schubfächer waren nach rückwärts, zum Fenster hin, gedreht. Er holte sich das Schränkchen nach vorne und zog die Fächer auf.

Im obersten lag eine Sammlung bunter amerikanischer Zeitschriften mit Titeln wie »Big Bossoms«, »Assfuck Girls« und »Blowin' Girl«, pornographischer Schund, zerfleddert; wohl immer wieder als Appetitanreger benutzt, dachte der Polizist.

Im zweiten Fach fand er Papier im Format DIN A 4, Schreibmaschinenpapier. Der Schuber barg einen dicken, mit zwei Gummis verschlossenen Packen, eine Art Ordner mit weichem Deckel, auf dem zu lesen war: »Der Mencheneigentümer«. »Aha«, murmelte er, »hier haben wir zum Sportsfreund noch den Dichter«. Er schrubbte die beiden Gummis ab, klappte den Deckel auf und nahm zunächst nur ein Blatt mit drei Zeilen wahr: »Orte und Handlung dieser Geschichte sind frei erfunden. Ähnlichkeiten mit lebenden Personen sind jedoch beabsichtigt.«

3.

Tennis ist ein Spiel für Eigenbrötler. Der Gegner steht meterweit entfernt! Die Spieler trennt zudem das Netz. Tennis kann man zur Not alleine spielen, etwa an einer beliebigen Wand. So hat Björn Borg einmal angefangen, mit vier oder fünf Jahren, indem er einen Ball mit einem Tennisschläger an Papas Garagenwand drosch. Tennis spielt man immer für sich selbst, das beweist schon die Zählweise bei einem Match. Wenn man ein Match gewinnen will, muß man nur Punkte sammeln. Tennisweisheit lautet: Konzentrier' dich einzig und allein auf dein Spiel, Fehler macht der Gegner von alleine. Mit diesem Gegner, der mindestens zweiundzwanzig Meter entfernt auf der anderen Seite des Netzes steht, ist Kommunikation unmöglich. Tenniswelten liegen dazwischen. Beim Tennisspiel wird man immer einsamer. Je länger ein Match dauert, desto stiller wird es in einem selbst. Am Ende entsteht ein Gefühl von Schwerelosigkeit. Aber das ist wahrscheinlich der ganz gewöhnliche Effekt der Erschöpfung.

Eberhard, der Eigenbrötler, endet nach einem gelungenen Match regelmäßig in stiller Depression. Tennis ist für ihn fast zu einer Art Religionsersatz geworden; mein Gott, er zelebriert sein Spiel, er beschwört es gelegentlich und segnet gelungene Schläge ab. Nach einem Match meditiert er, denkt noch einmal darüber nach. Beim Reden über Tennis kann er in heiligen Zorn geraten. Ehrfürchtig geht er mit den Insignien seines Sports, mit den Schlägern, um. Daheim hängen sie über Kreuz an der Wand wie das Wappen von Wimbledon. Eberhard ist ein kauziger Tennisspieler. Während eines Matchs, so scheint es, bewegt er sich mit enervierender Langsamkeit über den roten Platz – und erreicht trotzdem alle Bälle. Deshalb nennen sie ihn in seinem Klub am Winterhuder Hofweg den Skorpion. Skorpion! Mit derselben zeitlupenhaften Grazie, mit der er die Bälle erläuft, gleitet er von einem Feld zum anderen, von der Grundlinie ans Netz. Mit der Behendigkeit des Spinnentiers streckt er den rechten Arm zum Volley aus oder federt hoch hinauf, einen Smash zu erreichen. Bereitet er in seiner langsamen Art seinen Aufschlag vor, scheint er zunächst tief ins All zu horchen, so starr ist sein Blick ins Unendliche gerichtet. Das scheint nur blau, weiß er, ist in Wahrheit aber tintenschwarz. Dreht dann nach Lehrbuchart die linke Schulter in Richtung Netz und läßt mit ausgestrecktem linken Arm den kleinen gelben Ball geradezu langsam in die Höhe schnellen. Eberhard ist Rechtshänder. Wenn der Ball dann hoch über seinem Haupt, Bruchteile von Sekunden nur, in der Luft zu stehen scheint, ein Fall von Schwerelosigkeit, scheint auch für ihn die Zeit stillzustehen. Mit einem gewaltigen, völlig mühelosen Schwung wird der kleine Filz ins Aufschlagfeld des Gegners katapultiert. Dann kommt Bewegung ins magische Spiel. »Mein Sommersonntagnachmittagsglück«, nennt Eberhard solche Augenblicke.

Zwar hatte sich dieser Sonntag heiter angelassen, doch seit Mittag regnete es auf der Tennisanlage am Winterhuder Hofweg. Sprühregen nennen die Hamburger diese Art von Nässe, die einem wie ein feuchtes Tuch ins Gesicht schlägt. Typisches Maiwetter. Der ständig umschlagende Wind trieb den Regen unter Schirme und Hüte, hinter Brillengläser und tief in die Ärmel von Anoraks. Die Plätze lagen naß und trostlos da wie Orte am anderen Ende der Welt. Ab und zu wehte eine Bö über die dunkelroten Felder und ließ die Oberflächen der Pfützen vibrieren und die Netze matt schwingen. Um ihre Spannung zu verringern, hatte man die Netze niedriger gekurbelt. Von den frischbelaubten Kastanien, die die Tennisanlage eingrenzten, klatschte das Wasser in dicken Tropfen auf die Wege; fette, dunkle Wolken zogen über den niedrigen Himmel.
Es gibt nichts Traurigeres als einen nassen, leeren Tennisplatz, dachte Eberhard, während er aus dem Fenster des Klubhauses auf die verlassene Anlage schaute. Die Feuchtigkeit war bis ins Innere des Klubhauses gezogen und hatte die Scheiben beschlagen. Unter den Fenstern stapelten sich die Sporttaschen der Spieler, die auf das Ende des Regens warteten. Einige von ihnen hatten sich an der Bar des Klubrestaurants aufgebaut, andere saßen an den schäbigen Gasthaus-

tischen und tranken Kaffee oder spielten Skat. Eberhard ging an die alte Musikbox und konnte sich einmal mehr zwischen den abgenudelten Titeln nicht entscheiden.

»Ihr könnt mal das Programm ändern!« rief er dem Jungen hinter dem Tresen zu, einem Studenten, der als Barmann und Tennislehrer aushalf. Wie in Trance rieb er die Gläser blank. In seinem ausgeleierten Polohemd sah Eberhard selbst aus wie ein Student, wie ein ewiger Student. Im Sommer wie im Winter lief er mit diesen Polohemden herum, auf denen man links über dem Herzen ein Krokodil spazierenträgt. Im Winter zog er einfach einen Pullover drüber; im Sommer, wenn es aus der Hose hing, konnte man sehen, daß die Hemden seit Jahren in Anspruch genommen wurden, verblichen waren sie, mit ausgefransten Kragen. Eberhard besaß sie in allen Regenbogenfarben, aber die weißen trug er nur auf dem roten Platz.

Auch seinem Schuhwerk schenkte er keine besondere Beachtung. Tennisschuhe trug er allerdings nur beim Sport. Zu seinem Outfit gehörte noch ein alter Trenchcoat, ein beiger Burberry, fleckig und verknautscht, weil er den immerzu mit sich herumtrug. Hamburger sind dem Wetter gegenüber mißtrauisch.

In diesem Burberry schlurfte er abends durch die Kneipen wie der selige Peter Falk. Seinen Wintermantel hatte er erst vor ein paar Wochen einem Penner in Eppendorf geschenkt, wahrscheinlich in einem Anflug von Rührseligkeit. Seinen Lockenkopf ließ Eberhard unregelmäßig bei einem Eppendorfer Friseur scheren; im übrigen hatte er keine besonderen kosmetischen Ansprüche.

Nachdem er »Skinny Minny« von Tony Sheridan an der Musikbox gedrückt hatte, schlängelte sich Eberhard zur Theke durch und bestellte einen Kaffee. Das Klubhaus war am Wochenende zu einem richtigen Zuhause geworden. Draußen war es heller geworden, ein paar Spieler traten immer wieder ungeduldig vor die Tür, um die Lage zu prüfen. Auf den Plätzen sah man einige, die versuchten, die Pfützen mit den großen Schleppnetzen zu verteilen.

»Macht mir ja nicht die Plätze kaputt«, schimpfte Eberhard vor sich hin. »Manche ähneln sowieso schon Kartoffeläckern.«

Der Wind trug das Dröhnen der startenden Jets vom Flughafen Fuhlsbüttel bis in Klubhaus hinein, blies aber auch die Tennisplätze trocken.

»Nicht so viel rauchen, Sportsfreund«, hörte Eberhard hinter sich eine Stimme murmeln, »mal wieder trainieren!«

David, der kleine englische Tennislehrer, hatte sich an ihn herangeschlichen. David war selbst Kettenraucher und immer zu solchen Scherzen aufgelegt.

»Heute abend machen wir zwei noch ein Match«, sagte der Engländer mit seinem ausgeprägten Akzent zu Eberhard, der immer noch gedankenverloren nach draußen schaute. Er wartete auf eine neue Schülerin.

Da ging die Tür auf und Jahn, der Eigentümer und Herausgeber des berühmten Hamburger »Magazins«, stand im

Raum. Er war seit kurzem Mitglied dieses Klubs. Ganz in weiß, ganz klein, mit einer riesengroßen Tennistasche über der Schulter, stand er ein wenig verloren da. Er blickte sich unwirsch nach seinem Begleiter, dem »Magazin«-Redakteur und bekannten Kritiker Doktor Wendig um. Wendig hatte Jahn eines Tages in den Klub mitgebracht, erinnerte sich Eberhard. Doch bis auf »Guten Tag« und »Schönes Wetter« und »Auf Wiedersehen« hatte er mit Wendig bisher kein Wort gewechselt.
»Matchen?« erinnerte ihn David noch einmal und puffte ihn freundlich in die Seite. Eberhard nickte, packte seinen Kram zusammen, holte den Schläger aus der Hülle und lief hinaus auf den nächstgelegenen Platz, ein wenig schlaff und gebückt, wie es seine Art war. Als David dazukam, übte sich Eberhard bereits im Aufschlag, und David spielte ihm die Bälle hoch zurück. Langsam begann er zu keuchen, die kühle Luft stach in seinen Lungen. Hinter den immer noch beschlagenen Fenstern des Klubhauses starrten ein paar Neulinge neidisch den beiden Trainern zu.
Als sie die Seiten wechselten, meinte Eberhard:
»Nur warmspielen, David. Ich erwarte eine neue Schülerin. Da muß ich fit sein.«
David grinste anzüglich und schlug den Ball hoch in die Luft.

»Summer in the city«. Das Radio plärrte bereits den ganzen Tag diesen Oldie der Lovin' Spoonfull. Stimmt ja. Im Sommer gibt sogar Hamburg, die kühle Schöne, für ein paar Tage

ihre Reize preis. Man kann sich ja nicht an jedermann verschwenden, schien ihre Zurückhaltung zu bedeuten. Und die Hamburger hatten sich mit dieser hanseatischen Sparsamkeit abgefunden.
Dezent, sozusagen blau-grün, zelebrierte die Stadt auch in diesem Sommer ihre Schönheit. Die Bäume und Wiesen, die Gewässer und Gebäude – alle verlangten sie nach Bewunderung und strebten gleichzeitig nach Distanz und verschwiegenem Genuß. So gesehen haben Eberhard und die Stadt immer gut zueinander gepaßt. Denn wenn man in Hamburg mundfaul vor sich hinlebte, wurde man am ehesten für einen Eingeborenen gehalten. Man war als Mitmensch akzeptiert und wurde doch in Ruhe gelassen. Aussprachen und Palaver kamen in Hamburg einem aggressiven Akt gleich.
Eberhard suchte beides nicht und sprach auch selten jemanden an. Oder sollte er etwa einen Fremden zum gemeinsamen Schweigen einladen? Das erledigte sich von selbst auf seinen nächtlichen Touren durch die Hamburger Szene. Eberhard war dann eine Art teilnehmender Beobachter. Er trieb seine Studien im Zigarettenrauch der Eppendorfer »Palette«, im »Trumpf«, im »Schampus« oder bei »Schwender's« am Großneumarkt. Faszinierend, wie das Leben an dem einsamen Thekensteher vorbeitrieb. Er verfolgte es unbeteiligt, wie ein nordischer Ethnologe mit wachem Blick.
Auf was wartest du hier eigentlich? fragte er sich gelegentlich selbst beim Anblick dieses ungeordneten Treibens. Sein Hirn

fragte sein Unterbewußtsein, doch das wußte darauf keine andere Antwort als:
»Natürlich, auf Godot.«
Ja, ja. Dann nickte der somnambule Flaneur kennerisch und mußte gelegentlich laut lachen, so daß sein Nachbar an der Theke erschreckt auswich.
»Is' was?«
»Nö.«
Eberhard schüttelte nur seine Locken und drohte dem immer noch verdutzten Nachbarn neckisch mit erhobenem Zeigefinger. Dann fiel der Finger auf die Theke und klopfte rhythmisch seine Ausrufezeichen. Mit der Zeit wurden Eberhards Ausrufezeichen immer häufiger und immer herrischer.
Ausgangspunkt seiner Reisen in die Nacht war zumeist das »Jevercafé« hinter dem Schauspielhaus; da, wo die Bremer Reihe auf den Hansaplatz mit dem abscheulichen Brunnenmonument mündet. Neben den Nutten lungerten dort Tag und Nacht Stadtstreicher, Junkies und anderes Gesocks herum. Vom »Jevercafé« hatte man den besten Blick auf das Pornokino am Steindamm, wo rund um die Uhr hard-core-Streifen aus Amerika liefen, härteste Ware. An der Bar des »Jevercafé« machte sich Eberhard immer einen Spaß daraus, die Typen zu beobachten, wie sie verstohlen ihre Billetts an der Kinokasse lösten, die Hände tief in die Taschen vergraben, starr geradeaus blickend, als ob man sie auf diese Weise übersehen könnte. Wo, fragte sich Eberhard dann in seinem Jeverbierrausch, würden die sich nachher einen abjagen?

Mit Erregung geradezu wartete er dort am Tresen auf Kinogänger weiblichen Geschlechts. Und fragte sich, welcher Klasse die wohl angehören würden. Leider waren es nur wenige in den vielen Wochen, die er dort auf der Lauer lag. Und die wenigen waren zumeist in männlicher Begleitung, pfui Deibel! Als eines Abends eine Frau ganz alleine an die Kasse trat, verschluckte er sich fast an seinem Bier, so schnell wollte Eberhard ihr folgen. Er erwischte sie gerade noch an der Kasse, dann folgte er ihr in den dunklen Kinosaal, wo es immer so widerlich muffig roch. Dort hatte er sie aber aus den Augen verloren, schade, wahrscheinlich gehörte sie zum Personal. Eine große, reife Brünette, die ein elegantes Parfüm wie eine Schleppe hinter sich her zog. Immerhin bot sie sich noch so manche Nacht als prächtige Bebilderung seiner Phantasien an. Doch ehe er heute auf seine Matratze fiel, wollte er sich noch ein wenig umschauen. Bereits leise schwankend, machte er sich auf den Weg nach St. Pauli: »Angelplatz der Freude«, kicherte er. Am Bahnhof erwischte er die letzte U-Bahn. Das Lokal »La Paloma« am Hans-Albers-Platz hatte früher zu seinen bevorzugten Anlegeplätzen gehört. Heute hing dort Kunst an den Wänden oder das, was das verschmockte Publikum, das seit kurzen dort verkehrte, für Kunst hielt. Doch für ein paar Weinchen war die Kneipe immer noch gut genug; zumal, wenn man bereits einen leichten Bierrausch hatte.

Am Hans-Albers-Platz standen auch die Baby-Nutten, nichts für ihn. Er suchte nur den Duft der Verruchtheit, er war eben ein Voyeur. Im »La Paloma« hatte er im Handumdrehen sein Glas geleert. Langsam wurde sein Blick glasig: Gleich wird er aggressiv werden, dann depressiv, das weiß er selber. Er trinkt ja nur, um die Leere in sich aufzufüllen.

»Keine netten Leute hier an Bord«, meinte er zum Barmann. Nur noch dumpf drang das Stimmengewirr der anderen Gäste an sein Ohr. Hatte er das eben nur gedacht? Also noch einmal: »Keine netten Leutchen hier an Bord!«

Eberhard mußte sich an seinem Glas festkrallen, um sein Gleichgewicht zu halten. Über den Rand hinweg starrte er auf die diffuse Menschenmasse. Im dichten Zigarettenrauch hatte sie sich offensichtlich viel zu sagen, so wild fuchtelte man mit den Händen, scharrte mit den Füßen. Eberhard fühlte sich auf einmal von diesem harmlosen Treiben ausgeschlossen. Er war hin- und hergerissen zwischen dem Wunsch teilzuhaben und der Verachtung dieses Getues. Der Alkohol verstärkte nur seine Einsamkeit.

»Wenn ich jetzt weitertrinke, kriege ich meine Selbstmordphase«, lallte er leise in sich hinein. Ein wenig wollüstig schauderte er bei diesem Gedanken. Die Brücke über den Isebekkanal, die auf seinem nächtlichen Heimweg lag, wirkte auf ihn oft wie ein Sprungbrett ins Jenseits; wie eine Einladung, in den dunklen Fluß zu hechten. Mit einer unwirschen Handbewegung verscheuchte er seine finsteren Gedanken und warf einen Schein auf den Tresen.

»Kauziger Kerl«, bedeutete der Barmann seinem Gegenüber. Draußen hatte es bereits wieder zu regnen angefangen, weicher, warmer Mairegen. Jetzt wußte er auch, warum die Kneipen überall so voll waren; weil das Wetter nicht danach war, nach Hause zu gehen. Debil lachte er vor sich hin. Keine Busse, keine Bahnen, weit und breit kein Taxi mehr. Aus Richtung Reeperbahn kam endlich eines wie unwillig angeschlichen. Ehe sich der Fahrer an seinem Halteplatz in die druckfrische »Bild«-Zeitung vertiefen konnte, ließ sich Eberhard in den Wagen fallen und nach Eppendorf kutschieren.

»Ist Ihnen schlecht?« fragte der Taxifahrer.

Eberhard schüttelte müde den Kopf und blickte dann starr auf die vorübergleitende verödete Stadtlandschaft im Nieselregen. Wie Schemen huschten die Gebäude an dem beschlagenen Autofenster vorbei, der Michel hatte eine Aura aus Nässe und gebrochenem Licht um sich herum; dann glitt man unter der Hochbahn am Rödingsmarkt durch, rechts standen die glatten Hochhäuser an der Ost-West-Straße Spalier, Hamburg-Süd, das »Spiegel«-Haus, stockdunkel, nur an irgendeinem Schreibtisch in dem vorgelagerten Flachbau brütete noch jemand über irgendwelchen Schnipseln oder schlief einfach. In dem abgeschotteten Taxi war Eberhard ganz wohl.

Ein Haufen Post verklemmte ihm die Tür zu seiner Wohnung im Falkenried, war er so lange nicht zu Hause gewesen? Dann warf er nachlässig seine Sachen über den Stuhl an der Arbeitsplatte und schmiß die Schuhe in die Ecke. Die große Matratze auf dem Fußboden war immer noch im selben Zustand, in dem er sie heute morgen verlassen hatte, klar. Morgen ist auch noch ein Tag. Morgen? Heute! Und für heute

hatte er dem Redakteur bei der »Chronik« sein Manuskript über Georg Kreisler versprochen. »Melancholie ist sein Parfüm« hatte er es überschrieben.
»Jetzt einschlafen!« mahnte sich der Spätheimkehrer.

Während der Herr Redakteur bei der »Chronik« mit kicherndem Vergnügen seinen Kreisler-Artikel las, saß Eberhard ihm teilnahmslos gegenüber und schaute aus dem Fenster auf St. Jakobi. Gleich mußte es vier Uhr schlagen. Bis zum Glockenschlag gönnte er sich noch eine schnelle Zigarette. Herr Redakteur wollte noch dieses und jenes geändert haben, ließ das Manuskript dann aber doch bei sich liegen, als er Eberhards Unwillen bemerkte. »Ängstlich, miefig«, urteilte Eberhard, der bei der »Chronik« als freier Mitarbeiter geführt wurde.
Er sagte: »Meine Kontonummer ist ja bekannt. Laßt das Geld bitte bald rüberwachsen.«

Im Spiegel der Fahrstuhlwand sah er seinen zerzausten Schopf und wie er sich mit zittrigen Fingern seine vierte oder fünfte Zigarette ansteckte. Sein Fahrrad war nicht geklaut worden, Gott sei Dank. Er schwang sich drauf und radelte die sacht ansteigende Steinstraße hinauf, bog dann hinter dem Bahnhof ab und ließ das Rad in Richtung Alster talwärts laufen. Dann bog er in den Hofweg ein, magisch zog es ihn mal wieder auf den Tennisplatz. Als er mit dem Fahrrad in den Klub einrollte, konnte man bereits das Plop-plop der

Bälle hören. Er warf das Rad in die Ständer vor der Hütte, in der die Werkzeuge zur Pflege der Plätze untergebracht waren. Dann lief er nach hinten zu den Umkleideräumen, wo er einen eigenen Schrank für seine Tennissachen hatte.

Endlich hatte sich der Wind gelegt. Die Sonne, die bereits tief stand, ließ die Plätze in einem samtigen Licht erscheinen. In einem Rot, nach dem man sich sehnen konnte. Von welch' großartiger Symmetrie so ein Tennisplatz ist! Konnte es mit der Ordnung des Universums aufnehmen. Die Harmonie, die von ihm ausging, wirkte sich so stark auf Eberhards Gemüt aus, daß er sich heiter und gelassen fühlte, sobald er einen Tennisplatz betrat. Dann verlor er alle Erdenschwere. Leichtfüßig bewegte er sich auf diesem unmerklich federnden Untergrund. Im Einklang mit dem Weiß der Linien und der Netzkante und dem Grün des Netzes und der umstehenden Kastanien, kehrte bei ihm Ruhe und Zufriedenheit ein. Der Tennisplatz war wirklich sein Zuhause. Stunde um Stunde konnte er auf dem roten Platz verbringen, spielen oder nur Bälle schlagen, daddeln, trainieren. Vorhand, Rückhand; Volley, Stop, Smash; Slice, Drive, Topspin, Lob; Cross, Longline. Aufschlag üben! Aufschlag üben! Ganze Wochenenden verbrachte er auf diese Weise auf der Anlage. Wenn er ganz verrückt war, las er seinen Kumpels aus Lars Gustafssons Erzählung »Die Tennisspieler« vor. Ein Taschenbuchexemplar hatte er immer in dem Sack stecken, in dem er die Bälle aufbewahrte, staubig, rot verfärbt. Später warfen sie dann eine Handvoll Münzen in die alte Musikbox und griffen zur Musik in die Saiten ihrer Tennisschläger. Doch heute abend würde zunächst eine neue Schülerin auf der anderen Seite des Netzes warten. Als Eberhard ihr gegenüberstand, hatte er dieses leere Vibrieren im Magen, das wohl nur noch Grünschnäbeln vertraut ist. Stimmt ja, im Umgang mit dem Weibe war er nicht sehr routiniert.

Das macht ja deinen Charme aus, hatte ihm schon manche gesagt.

Sie hieß Monika Asmussen und war eine kecke Norddeutsche mit wehendem, glatten Blondhaar. Sie arbeitete als Sekretärin beim Norddeutschen Rundfunk. Mit einem dunkelblauen BMW war sie auf die Anlage geschlittert, denn auch der Parkplatz unter den Kastanien am Eingang zum Klub war mit rotem Aschesand bestreut. Sie wolle, sagte sie, ihr Tennis nur eben für den Urlaub aufpolieren. Doch wo kein Glanz war, das stellte ihr Lehrer bald fest, konnte auch keine Politur mehr helfen.

»Anfängerkurs«, meinte Eberhard schnöde.

Sie war immerhin sportlich, rank und schlank und für die besondere Motorik des Tennisspiels begabt. Begabt in jeder Hinsicht. Aber das werde ich sicher bald herausgefunden haben, dachte sich Eberhard, während sie in ihrem kurzen Röckchen den Bällen nachrannte. Aus der ursprünglich vereinbarten einen Wochenstunde wollte sie schon nach ihrer ersten Begegnung zweimal zwei Stunden in der Woche machen; am liebsten am Dienstag und Freitag.

»Geht das bei dir?«

Monika hatte Eberhard sogleich geduzt.

Wir sind ja wohl im selben Alter, dachte er versöhnlich gestimmt.

»Sag' bitte Moni zu mir.«

Nachdem sie ihm ein wenig verschämt das Geld für die Stunde zugesteckt hatte, lud sie ihn zu einem Bier im Klubhaus ein.

»Machst du das eigentlich von Berufs wegen hier? Den Tennislehrer spielen, meine ich?«

Eberhard mußte sich zunächst den Schaum von seinem dicken Schnurrbart wischen, dann sagte er geheimnisvoll: »Tennis ist mein Beruf, Schreiben mein Hobby.«

Er erzählte ihr, daß er an der Sportschule in Köln sein Tennislehrer-Diplom gemacht, aber vorher in Heidelberg und Hamburg studiert habe, Germanistik und, ja, ja, Theologie.

»Ich bin ein abgebrochener Student«, meinte er grinsend.

Dann geriet er plötzlich ins Schwärmen, erzählte Moni von Autoren, von denen sie nie gehört hatte und faselte von Büchern, die sie nie gelesen hatte. Gerührt und geduldig hörte sie ihm zu. Gelegentlich, flüsterte er ihr ins Ohr, schreibe auch er.

»Artikel, Kritiken, Aufsätze für die ›Chronik‹.«

»Zum Beispiel?«

Nun, zuletzt habe er seinen Kampf gegen seine Automatenspielsucht beschrieben, seinen vergeblichen. Dabei schüttelte er sich eine neue Marlboro aus der Schachtel. Davor einen

Artikel über den Staatsphilosophen Carl Schmitt. Bei diesen Gesprächen, die bald zur Gewohnheit wurden und die sie zumeist allein an einem der hinteren Tische des Klubrestaurants führten, kamen immer drei bis vier Bierchen zusammen, pro Person, versteht sich. Ein spaßiges Getändel, eine harmlose Anmache. Moni roch immer so betörend nach ihrem Duschgel, wenn sie mit dunklem, feuchten Haar aus dem Umkleideraum der Damen kam.

»Jil Sander«, sagte sie neckisch, als ob sie seine Gedanken erraten hätte.

»Mein kauziger Tennislehrer«, sagte sie immer öfter zu ihm und legte ihm die Hand auf den Arm. Prompt regte sich sein Specht. Draußen war es schon längst dunkel geworden, der Junge hinter der Theke räumte laut klirrend und scheppernd seine Gläser ein, als Moni Eberhard vorschlug, ihn heute heimzufahren. Nur noch ihr BMW stand einsam und verlassen auf dem Parkplatz, ein Cabrio, fiel ihm jetzt erst auf.

»Den hat mir mein Exmann vermacht«, sagte Moni, als ob sie schon wieder seine Gedanken erraten hätte.

»Willst du fahren?«

Ohne eine Antwort abzuwarten, warf sie ihm den Autoschlüssel zu; daß Eberhard keinen Führerschein mehr besaß, hatte sie nun doch nicht erraten können. So nahm sie ihm den Schlüssel wieder ab, ging zur Fahrerseite hinüber und ließ sich auf den Sitz fallen. Dann beugte sie sich weit über die rechte Seite, um ihn einsteigen zu lassen. Als Eberhard sich setzte, war sie schon über ihm. Er fuhr ihr mit der

Hand unter den kurzen Tennisrock und entdeckte geschockt, daß sie kein Höschen trug; hatte die ganze Zeit mit nacktem Hintern neben ihm gesessen!

»Was kicherst du so albern?« fragte Moni und nestelte an seiner Hose.

Unter dem Nachtschatten der Kastanien seines Tennisklubs machte ihm dieser Spontanfick besonderen Spaß. Moni war mit ihrem Gesicht ganz nah an Eberhards Ohr, er hörte sie gurren und seufzen und dann fürchterlich mit den Zähnen knirschen. Dann sank sie auf das Amaturenbrett zurück, stieg, ein wenig blöde lächelnd, von ihm herunter und ließ sich, noch einmal tief seufzend, auf dem Fahrersitz nieder. Ein romantischer, warmer Frühsommerabend, der Beginn einer wunderbaren Freundschaft? Beim Aufglühen seiner Zigarette sah Eberhard Monis gerötete Wangen und strich ihr zärtlich über das Gesicht.

»Ein schöner Tag, ein toller Abend, eine scharfe Nacht«, sagte er beschwingt.

»Macht Spaß mit dir«, hauchte Moni ihm ins Ohr.

Dann ließ sie den BMW ungestüm an und schoß aus dem dunklen Parkplatz hinaus auf den hellerleuchteten Hofweg.

»Ich fahr dich wirklich noch nach Hause!«

Als sie ihn im Falkenried ablud, sagte sie noch lachend:

»Bis übermorgen! Selbe Stunde, selbe Lektion!«

Angenehm matt und ganz leise verliebt, ließ sich Eberhard auf seine Matratze fallen.

Diese Nacht, dachte er, lächle ich wahrscheinlich im Schlaf.

Am vierten Tag der Internationalen Tennismeisterschaften von Deutschland am Hamburger Rothenbaum hatte sich das Teilnehmerfeld schon gehörig gelichtet. Heute wurden die Viertelfinals ausgetragen, auf Platz eins, den die Hamburger neckisch »Centrecourt« nennen, standen sich seit mehr als zwei Stunden Jimmy Connors und ein unbekannter Spanier gegenüber.

»Ich würde gerne einmal Borg kennenlernen«, flüsterte Eberhard seiner Nachbarin Moni zu, während die beiden Sportler unten auf dem Platz ihre Minutenpause machten.

Dem Schweiger Borg fühlte sich Eberhard verwandter als dem Schreihals und Faxenmacher Connors, der immer die Lacher auf seiner Seite haben mußte. Moni sah wieder fesch aus, wie sie dasaß in ihrer giftgrünen Bluse mit dem schmalen Kragen und den kurzen weiten Shorts mit den breiten Aufschlägen. Weiße Beine mit feinem blonden Flaum. Ihre Füße steckten in französischen Leinenschuhen; Eberhard fühlte sich immer versucht, ihre Zehen zu kneten, die aus dem dünnen Stoff hervorschienen. Er drückte ihr einen Kuß in den Nacken, ihr Haar flog elektrisiert und angenehm duftend zur Seite, als sie den Kopf schüttelte. Dann grub sie ihre Finger in Eberhards Schenkel, ihr Zeichen zu fragen: »Gehen wir?«

»Laß uns noch das Match zu Ende gucken«, bat er.

Sie blies gelangweilt die Backen auf.

»Ich geh' mal ins VIP-Zelt und trinke einen Espresso«, murrte sie.

Eberhard nickte abwesend, denn der Spanier hatte eben mir

nichts, dir nichts ein Break geschafft. Connors machte wieder seine Faxen, und das Publikum spendete dankbar Beifall. Übermorgen würden die Halbfinals sein, Sonntag war Schluß. Wahrscheinlich würden sich Connors und Lendl gegenüberstehen, dieses Jahr war das Feld hochbesetzt. Eberhard machte sich jetzt doch auf den Weg, Moni zu suchen. Um fünf mußte er im Klub sein, David hatte ihm heute morgen eine seltsam verschlüsselte Nachricht übermittelt: Tennislehrer für Promis gesucht.

»For you, my friend. Das wäre doch was für dich.«

Ob ich vorher noch eine schnelle Nummer mit Moni schieben kann? Nur zu, nickte der Specht. Beide Hände in den Taschen vergraben, schlenderte Eberhard hinüber zum VIP-Zelt, wo er Moni mit Weber, dem Chefredakteur des »Tennismagazins«, ins Gespräch vertieft sah. Weber schickte begehrliche Blicke in Monis Ausschnitt.

»Na, Kerl. Wie geht's?« Eberhard tat freundlich. »Wollt ihr mich nicht mal nach Monaco zu Björn Borg schicken? Eine Borg-Exklusivstory vor Wimbledon, das wäre doch was für euer Blättchen.«

Weber sah nur miesepetrig drein.

»So was stricken wir hier selber, mein Guter. Zisch ab, und laß mich mal mit der Dame hier allein.«

Eberhard nahm Moni bei der Hand und ließ einen verdutzten Weber an der VIP-Bar stehen.

»Der Depp hat eben zwei Schampusgläser bestellt«, lachte Moni.

»Soll sie alleine saufen. Wir gehen jetzt und kuscheln ein wenig zusammen, gell.«
»Ich haß' das, wenn du immer ›gell‹ sagst«, schimpfte sie ihn und fuhr ihm mit der Hand unter das Polohemd.
»Aber um fünf muß ich auf dem Platz sein.«
»Dann beeil' dich ein bißchen. Du weißt doch, daß ich Zeit brauche, um in Fahrt zu kommen!«
Moni spielte die Zickige und Eberhard den Lüsternen. Dann rasten sie in seine Wohnung nach Eppendorf.
»Wenn du mich schön fickst, bring ich dich auf deinen geliebten Tennisplatz.«
Er haßte es wirklich, wenn sie so daherredete.

Warten, immerzu warten, Tennislehrers Los. Draußen auf den Plätzen schlugen sich die Leute die Bälle zu, nur Eberhard, der Lehrer, saß in der miefigen Hütte, rührte immerzu in seinem Kaffee und wartete.
»Hoher Besuch«, hatte ihm David zugeraunt.
»Man will dich für einen prominenten Herrn als Trainer engagieren.«
»Blödmann«, grinste Eberhard.
Auf einmal stand er in der Tür, der hohe Besuch. Eberhard kannte seine Artikel und Polemiken aus dem »Magazin« und die Visage aus dem Fernsehen. Ein Mann, der sich vor Eitelkeit spreizt.
»Hallo. Da sind Sie ja«, dröhnte es von der Tür her in seine Ecke, wo er immer noch den Kaffee umrührte. Wendig, der

Mann mit dem bekannten Namen und dem weittragenden Organ, trat geschwind auf Eberhard zu und hielt ihm die Hand hin.
»Ich denke, wir kennen uns. Wendig«, stellte sich der Mann im Freizeithabit vor. »Sie sind doch Eberhard Schütz, der so schöne Artikel in der ›Chronik‹ schreibt.«
»Ja, ja«, nickte Eberhard.
»Ich bin hier Tennislehrer und Trainer für Fortgeschrittene.«
»Sehen Sie«, sagte Wendig, »das ist der Grund, warum ich hier bin. Wir suchen einen gescheiten Tennislehrer.«
»Wir?«
»Jahn, der Herausgeber des ›Magazins‹ und ich«, meinte Wendig erklärend und fügte blinzelnd hinzu: »Einen, mit dem man sich auch unterhalten kann.«
Eberhard sah sich nach Jahn um.
»Herr Jahn«, fuhr ihm Wendig dazwischen, »kann erst übermorgen kommen. Ich bin sozusagen die Vorhut.«
Wieder bellte er sein dröhnendes Lachen.
»Vorzüglich«, sagte er noch zu Eberhard, »Ihr Stück über Georg Kreisler. Vorzüglich!«
»Haben Sie schon einmal einen Tennisschläger in der Hand gehabt?«
»Nun. Ja. Nein. Eigentlich noch nicht so richtig.«
Aber gesehen habe er das schon. Wendig lachte verlegen.
»Dann werden wir das heute üben.«
Wendig schaute verdutzt, fühlte er sich verulkt? Mit einem Schlag war das Grinsen aus seinem Gesicht gefallen. Er drehte

sich flink um und watschelte vor Eberhard hinaus auf die Anlage, genau auf den Platz eins zu.
»Platz neun!« rief ihm Eberhard noch zu. »Heute üben wir auf Platz neun!«
Dann packte er seine Sachen zusammen, links den Eimer mit den Bällen, rechts den Schläger in der Hand.
»Kennen Sie Lars Gustafsson?« fragte er Wendig, als er ihn eingeholt hatte. »›Die Tennisspieler‹ von Lars Gustafsson sollten Sie lesen. Das ist in meinen Kursen Pflichtlektüre.«
Wieder lachte Wendig irritiert und dröhnend. Nach den ersten harmlosen Zuspielungen stellte Eberhard bei sich fest: kein Talent. Hoffentlich hatte der andere mehr davon. Irgendwie freute er sich darauf, den berühmten Jahn auf diese Weise einmal kennenzulernen.

4.

»Gehen wir?«

Jahn nickte, griff sich seine große Tasche mit dem Schläger und schritt neben Eberhard auf den Platz, ein um einen Kopf kleinerer, leicht hinkender Kerl. Es wehte ein frischer Wind, wie er nach Regenschauern im Sommer so typisch für Hamburg ist, zum Frösteln kühl. Die Brise blies zudem die Bälle aus ihrer Flugbahn, verwehte das verdammte Netz, und Versuche, den kleinen gelben Filzball zu plazieren, schlugen immer wieder fehl. Zum viertenmal nun stand auf der anderen Seite des Netzes sein neuer, ungelenker Schüler und wartete ergeben auf die Ausführungen des Lehrers. Wer hatte dem nur den Floh ins Ohr gesetzt, Tennis zu lernen? Wendig? Eberhard wechselte noch einmal auf die andere Seite, um Jahn Anweisungen zu geben, ziemlich nachdrücklich. Man sah immer wieder den Schüler Jahn mürrisch nicken, Eberhards Gestik mit den Augen folgen, ihn dann die Schritte und Bewegungen nachahmen, die sein Lehrer ihm vormachte. Brav. Eine unwirsche Handbewegung des Schülers schien sagen zu wollen: Laß uns endlich anfangen zu spielen.

Eberhard wechselte wieder auf seine Seite und begann, Jahn geschickt ein paar Bälle zuzuspielen.

»Laufen!« hörte man ihn brüllen.

»Vorhand! Drehen! Schulter zum Netz! Laufen! Laufen! Arm ausstrecken, strecken, sag' ich.«

Die ganze Litanei des Tennisspiels. Jahns Beine wollten nicht das tun, was das Gehirn ihnen befahl. Auch konnten seine Arme die subtilen Koordinationsbewegungen noch nicht ausführen, die Tennis dem Spieler abverlangt. Der kleine Mann geriet immer wieder aus dem Lot. Jetzt sprangen auch die Bälle weit an ihm vorbei.

Faulpelz, Schreibtischtäter, Biersäufer, dachte Eberhard abfällig.

Der da drüben hüpfte jetzt selber wie ein außer Kontrolle geratener Tennisball. Er traf überhaupt keinen der Filze mehr. Dann stoppte er mürrisch hechelnd.

»Schluß jetzt. Wollen Sie mich verarschen?« rief er über die ganze Anlage.

»Ich habe keine Lust mehr! Komm, laß uns ein Bier im Klubhaus trinken«, schlug er in dem Vertrautheit vortäuschenden Hanseatentonfall vor.

»Sie sind der Chef. Okay«, meinte Eberhard über das wehende Netz hinweg.

Keine Ausdauer, der Kerl, dachte er noch, als er verfolgte, wie Jahn versuchte, mit Hilfe seines Schlägerkopfs die Bälle einzusammeln. Eberhard winkte ab.

»Ich mach' das schon. Ich zieh' auch noch den Platz ab.«

Dann sah er Jahn, den bekannten und gefürchteten Herausgeber des »Magazins«, matt über den Platz ins Klubhaus hinken. Ein feines Geduldspiel schien sich da anzubahnen.

War Jahn, der Zeitschriftenherausgeber, auch in der ganzen Republik bekannt, so hatte er doch kein besonders auffallendes Gehabe an sich. Er gab sich heute noch wie ein Twen aus den sechziger Jahren, offenes Hemd, Lederjacke oder Windblouson. Der kleine Mann kam auf flachen Slippern daher. Für mich persönlich, schien er damit signalisieren zu wollen, lehne ich jeden Luxus ab. Jahn war von jenem jungenhaften Charme, dem man sich nicht entziehen kann. Das machte es den Mitarbeitern einfach, mit ihm umzugehen. In Gesellschaft konnte er ein sprühender Unterhalter sein. Distanz errichtete er gelegentlich zwischen sich und den Seinen durch beißenden Sarkasmus, ja verletzende Ironie. Jahn hatte einen Chauffeur eingestellt, der ihn in einem skandalös unauffälligen Mittelklassewagen spazierenfuhr, in einem mausgrauen japanischen Mitsubishi. Vorbei die Zeiten, da er seine Überlegenheit mit exotischen Karossen demonstrieren mußte. Seit langem bereits suchte er sich in der Anonymität einzurichten. Er war, paradox, auf der einen Seite ein bescheidener und liebenswürdiger Mann, der es nicht vergessen hatte, daß ihm das Schicksal zu einem unvorstellbar großen Vermögen verholfen hatte. Auf der anderen Seite liebte er alles, was käuflich war: schöne Frauen, hochkarätige Reporter, erlesene Gesellschaft. Jahn führte ein geselliges Leben, ohne daß diese Gesellschaft ihn auch nur mit einem Funken Zuneigung belohnte. Die Macht, die ihm das Schicksal – er würde sagen: »Die Geschichte« – verliehen hatte, übte er selten diktatorisch aus, sondern charismatisch. Mit dieser charismatischen Macht ging er sparsam um, wohl wissend, daß sie sich sehr schnell abnutzen konnte. Doch inzwischen waren ihm die Fäden, an denen er seine Mitarbeiter tanzen ließ, aus den Händen geglitten. Den Machtkämpfen im eigenen Haus sah er nur noch melancholisch und gelegentlich stirnrunzelnd zu. Dann entschwand er meist in eine Alkoholentziehungskur nach Kalifornien und anschließend in eine seiner Villen auf einer Mittelmeerinsel. Der Herausgeber, so drückten es seine Mitarbeiter aus, hat kein Alkoholproblem, das Alkoholproblem hat ihn. In seinem Hochhaus nahe dem Hamburger Hafen wurde er nur »die blaue Eminenz« genannt. Manchmal wirkte der so jugendlich gebliebene Sechzigjährige resigniert. Allerdings hatte er noch tüchtig am enormen wirtschaftlichen Erfolg seines »Magazin« teil. Und gelegentlich, freitags nachts, wenn das Heft abgeschlossen war und die Rotation anlief, fiel vom Leuchten des hoch auf dem Hause angebrachten Schriftzugs auch ein warmer Strahl auf die bleichen Züge seines Gründers.

»Sie schreiben da so hübsche Sachen«, meinte Jahn zu Eberhard, als der sich frisch geduscht zu ihm an die Bar im Klubhaus setzte. »Hat man mir jedenfalls berichtet. Erzählen Sie doch ein wenig.«

Als er Eberhards Verschlossenheit bemerkte, winkte Jahn ab. Nur nicht zu nahe kommen, dachte er.

»Ach, ein anderes Mal. Vielleicht«, so stoppte er selber seine Neugierde.
Auf einmal glaubte er, sich zu weit vorgewagt zu haben, zu nahe an den Mann heran, der doch nur sein Tennislehrer sein sollte. Plötzlich war ihm sogar dessen Präsenz unangenehm, dessen lange, kräftige Finger, die immerzu mit dem Aschenbecher spielten, die sehnigen Arme, der muskulöse Hals. Jahn wollte nur noch schnell nach Hause gefahren werden, klebrig-verschwitzt, wie er immer noch war.

»Beinahe«, sagte er zu seinem Fahrer Alfred, als er sich in den häßlichen japanischen Wagen fallen gelassen hatte, »beinahe hätte ich eine Dummheit begangen, voreilig, wie ich bin.« Alfred, sein Faktotum, nickte. Seit er im Haus des Herausgebers wohnte, wußte er über dessen Privatleben Bescheid.
»Wie das, Chef?«
Alfred fuhr flott in die Schlange, die sich auf dem Hofweg gebildet hatte.
»Beinahe hätte ich einen Neuen angeworben. Das hätte Zoff in den Haufen im siebten Stock getragen!«
Jahn gluckste bei dem Gedanken an Doktor Wendigs Gesicht, das so schön schnell verfallen konnte. Alfred war eingeweiht in die Dinge, die in dem Zeitschriftenhaus am Hafen liefen. Er war oft genug der letzte Zuhörer des Herausgebers, wenn der am Wochenende, oftmals rüde, seine Gäste hinausgeworfen hatte. Alfred lieh seinem Chef gerne das Ohr.

»Halt' ja den Rand«, pflegte Jahn ihm nach solchen Geständnissen zu drohen. »Dafür zahl' ich dir schließlich ein Schweinegeld. Äh, Schweigegeld.«

Über seine Wortspielchen mußte der Chef zumeist alleine lachen.

Klein und kaputt saß er in seinem lächerlichen Tennisanzug hinten im Auto, während Alfred schweigend durch die Stadt fuhr. Grau glitt sie an Jahn vorbei.

Eigentlich, dachte er, habe ich mich in all' den Jahren nie an sie gewöhnen können, diese einmal triste, einmal schöne Kühle.

Manchmal glaubte er, eine Art Feindseligkeit zu spüren, die von der Stadt ausging. Vielleicht ging diese Feindseligkeit auch nur von exemplarischen Vertretern dieser Stadt aus, der Pfeffersäcke-Bourgeoisie, wie Jahn sie gerne nannte, den anglophilen Snobs von der Außenalster und der faden Schickeria aus Pöseldorf. Die alten Hamburger hielten den Zeitschriftenbesitzer bis heute für einen Emporkömmling aus der holsteinischen Provinz. Die Spießer, die sich bei den Theaterpremieren immer so auffällig anstießen, wenn Jahn, Champagnerfahne, schon wieder eine Neue im Schlepptau, durch die Reihen rempelte; die Politbonzen mit ihren häßlichen Weibern, die an ihm kein gutes Haar ließen; die Krämer aus den Elbvororten, die, noch im Abendanzug und mit Chanel bestäubt, nach den Gewürzen stanken, die sie im Freihafen horteten.

»Pack«, zischte der kleine Mann im Fond des Autos, als er an den Villen an der Außenalster entlanggefahren wurde.

»Was gibt's, Chef?« meldete sich Alfred aus dem Rückspiegel.
»Sie grinsen ja so fröhlich. Ist Ihnen ein Witz eingefallen? Erzählen Sie! Ich brauche ein paar neue für meinen Stammtisch.«
Jahn lachte aus vollem Hals: »Treffen sich eine Kröte und ein Skorpion am Ufer der Elbe. Da bittet der Skorpion die Kröte, ihn überzusetzen. Denn Skorpione können bekanntlich nicht schwimmen.«
Alfred nickte aus dem Rückspiegel.
Jahn fuhr fort: »›Nö‹, sagt die Kröte. ›Mitten im Fluß wirst du mich stechen, und wir beide saufen ab.‹«
Alfred war vor einer hohen, weißen Villa an der Krugkoppelbrücke angekommen, Jahns Anwesen. Er ließ den Motor des Autos weiterlaufen, da der Witz noch nicht zu Ende war, oder?
»Der Skorpion schwört also der Kröte, nicht zu stechen, woraufhin die ihn aufsitzen läßt und sich daranmacht, mit ihrer Last die Elbe zu durchschwimmen. Wie Christopherus mit dem Jesuskindlein, weißte«, fügte Jahn noch erklärend hinzu.
»Mitten im Fluß angekommen, sticht der Skorpion die Kröte ins Genick und beide saufen ab. ›Warum? Warum nur?‹ ruft die Kröte noch verzweifelt. ›Das ist halt meine Natur, das steckt halt in mir drin‹, sagt der Skorpion.«
Jahn sah Alfred von hinten an, daß der den Witz nicht verstanden hatte.

»Den habe ich neulich im Kino gehört«, fügte er deshalb als Erklärung an. Dabei fiel ihm ein, daß sie seinen Tennislehrer im Klub auch den Skorpion nannten.

Obwohl er die letzte Nacht nur in Gesellschaft eines Kastens Jever verbracht hatte, federte der »Magazin«-Herausgeber an diesem blauen Mittwochmorgen geradezu euphorisch aus Alfreds Mitsubishi. Fast fiel er mit der Schwingtür ins Haus, so ausgelassen betrat Jahn heute sein Eigentum. Die Pförtner nickten sich wissenden Blicks zu.

Irrtum, dachte Jahn mit Blick auf die beiden Figuren hinter der hohen marmornen Theke, heute habe ich keinen Alkohol im Blut, höchstens ein wenig Rest.

Ohne lästigen Aufenthalt katapultierte ihn sein Sonderfahrstuhl in den dreizehnten Stock. Auf seinem Schreibtisch lag bereits die Post geöffnet und sortiert. Von seiner Sekretärin ließ er sich zunächst ein Kännchen Kaffee bestellen, ehe er sich auf die Lektüre stürzte, auf die Post, Zeitungen, Telexe und Telefonnotizen, auf die in- und ausländischen Zeitschriften. Mit rotem Filzstift hatte der Leiter seines Büros alles angekreuzt, was ihm wichtig für Jahns Informationsstand schien. Sozusagen vorsortiert und mit Fragezeichen versehen. Übersetzen lassen?, sollte das bedeuten. Der »Magazin«-Herausgeber tat zwar immer weltgewandt, doch Sprachen beherrschte er nur rudimentär. Cerveza, por favor!

Mit einemmal mürrisch geworden, warf er den ganzen Pakken Papier vom Schreibtisch und griff zum Telefonhörer. Er

wollte sofort seinen Tennislehrer sprechen. Dabei glitt sein Blick über den Hamburger Himmel. Seit er dem Spiel mit dem gelben Filzball verfallen war, sorgte er sich wie nie zuvor um die Wetterlage. Über dem Hafen trieben bereits die ersten Wolken. Heute nachmittag, so hatte der NDR gemeldet, sollte es Schauer geben, später würde sich das Wetter wieder beruhigen und dann gelegentlich die Sonne scheinen. Wenn die Plätze trocken sind, das hatte Jahn inzwischen gelernt, kann man in Hamburg bei fast jeder Temperatur Tennis spielen. Vor seinem geistigen Auge erschien jetzt sein Trainer Eberhard und wie er über den Platz schlurfte; ein wenig wie der komische Tscheche Mecir, fiel Jahn auf, mit vorgefallenen Schulter und auf dürren, federnden Beinen.
Ein angenehmer Kerl, dieser Eberhard Schütz, ruhig, bescheiden, kompetent, dachte Jahn. Wo hatte der doch wieder seine witzigen Artikel veröffentlicht? Wendig hatte es ihm doch neulich erst gesagt. Ehe er den fragen wollte, ließ er sich Eberhard Schütz' Artikel aus dem Archiv hochkommen. Für etwas mußten die Jungs da unten doch nützlich sein.
»Mal sehen, was du kannst«, murmelte Jahn, ehe er sich mit seinen kurzsichtigen Augen tief über die Kopien beugte.
Die Überschriften versprachen bereits Lesevergnügen. »Ein Genosse auf der Suche nach sich selbst« etwa war das Porträt eines Berliner Schriftstellers überschrieben; ein anderes über einen Punk-Autor mit »Der rasende Mitläufer«. Jahn meckerte in einem fort, als er die Texte las, ätzende Abrechnungen mit der neudeutschen Literatur. Dann fiel ihm das

Gespräch in die Hände, das Schütz vor ein paar Jahren mit Arthur Koestler geführt hatte, »Mein Tod soll meine Sache sein«. Von Koestlers Todessehnsucht fasziniert, las er sich durch den ganzen Text.

»Kompliment«, sagte er laut nur zu sich selbst.

Dann griff er wirklich nach dem Telefon, um Eberhard anzurufen.

»Sagen Sie, Eberhard«, meldete sich der »Magazin«-Herausgeber umständlich und ohne seinen Namen zu nennen. »Können wir heute abend noch ein Spielchen machen? Hallo, hallo!« rief Jahn dann noch in die Muschel. »Hören Sie mich? Sind Sie noch da? Was ist mit heute abend?«

Der Schweiger am anderen Ende der Leitung schien in einem Kalender zu blättern, dann sagte er nur: »Okay. Bis heute abend. Um sieben können wir auf Platz eins spielen.«

»Bis bald. Tschüß dann!« rief Jahn in die Leitung und legte schnell auf. Dann schwang er die Beine auf seinen großen Schreibtisch und schmökerte noch ein wenig in den Kopien von Eberhards Artikeln.

An Eberhard gefiel ihm, daß er nicht so verbogen war wie die Heloten, die um Jahn scharwenzelten. Eberhard war offen, ehrlich, vielleicht ein wenig naiv. Er war frei und brauchte deshalb keine Rücksichten zu nehmen. Das gefiel Jahn, das zog ihn an. Solche Menschen brauchte er um sich und keine Figuren wie Wendig, den er immer den korrupten Doktor nannte, oder Hartter, den Intriganten und Verleumder. Jahn kannte seine Pappenheimer. Er stand auf und ging an den

Großen Meyer, der eine schmale Wand seines Büros einnahm. Er blätterte darin und fand das Stichwort.
»Der Skorpion«, las er, »gehört zur Ordnung der Spinnentiere. Er besitzt ein dreizehngliedriges Hinterteil, dessen sechs letzte Glieder seinen Schwanz bilden.«
»Glied, Schwanz«, grinste Jahn.
Dann las er weiter. »Am Ende sitzt jener gefürchtete Stachel mit der Giftdrüse«. Wieder fiel Jahn der Witz ein, den Alfred nicht verstanden hatte.
»Der Skorpion hat vier Paar Füße«, hieß es weiter bei Meyer, »und bewegt sich krebsähnlich fort.«
Zweitens, las Jahn, handele es sich beim Begriff Skorpion um ein Sternbild. Am Himmelszelt herrscht es vom 23. Oktober bis zum 23. November. Jetzt, sah Jahn auf seinem Kalender, war es erst Mitte August.

»Laufen! Laufen! Beweg dich, fauler Kerl!«
Dieser Job ist ein Gewerbe, das die Stimme ruiniert.
»Drehen! Zum Netz! Arm strecken! Und laufen! Laufen!«
Jahn und Tennis, das ging doch nicht zusammen. Wenn so selten ein Ball zum Lehrer zurückkommt, ging die Hälfte der Stunde mit Bällesammeln vorbei. Mit einem sadistischen Hieb schlug Eberhard den letzten Ball aus seinem Eimer seinem ungelenken Schüler Jahn hin; der erwischte ihn prompt mit dem Rahmen, aua! Beinahe hätte es ihm den Schläger aus der Hand gerissen. Dann schoß der Ball steil in den blauen Himmel.

»Das ist Lendl auch schon mal passiert«, hörte Jahn seinen Lehrer auf der anderen Seite des Netzes spotten. »Letztes Jahr in Flushing, glaube ich.«
Schluß jetzt, sollte das heißen. Jahn keuchte auf Eberhard zu. »Ich warte am Tresen auf dich!«
Dieses Hamburger Geduze. Umständlich zog sich Eberhard seinen Pullover über, sammelte dann wie üblich allein die Bälle ein, zog langsam schleifend auch noch den Platz ab, ehe er sich unter die Dusche stellte. Jahn saß bereits am Tresen und hatte einen Schaum-Schnurrbart. Fröhlich prostete er Eberhard zu, als der an ihm vorbei in die Umkleideräume lief. Aus der Musikbox dröhnte schon wieder »Skinny Minny«. Der Junge hinter dem Tresen unterhielt sich angeregt mit Jahn und bot ihm eine Zigarette an. Der Herausgeber unter Menschen.

Mit seinem heißen Duschstrahl vernebelte Eberhard den ganzen Umkleideraum. Wie in einem Dampfbad. Ehe er sich ankleidete und ins Klubrestaurant ging, öffnete er noch die Fenster, um den Dunst hinauszulassen. Eben kam Moni den Weg zwischen den Tennisplätzen entlanggeschlendert, ohne Tenniskram, ganz in Zivil. Als Eberhard das Klubrestaurant betrat, sah er sie bereits mit Jahn schäkern. Ach ja, Moni würde Jahn gefallen. Mit einem Küßchen auf beide Wangen begrüßte Eberhard seine Freundin. Moni liebte diese welsche Art, sie schätzte körpernahe Nettigkeiten.
»Ihr habt euch bereits bekannt gemacht?«

Wie auf Verabredung brachen die beiden in albernes Gelächter aus.
»Wenn ich gewußt hätte, daß du dieser Dame nahestehst, hätte ich ihr nicht solche Unverschämtheiten ins Ohr geflüstert.«
Jahn, immer noch albern wie ein kleiner Junge. Nicht wahr, meine Gute, sollte wohl sein Schwerenöterblick signalisieren. Moni tat geniert und hob die Schultern. Kleine, feste Brüste. Sie war von Männern angetan, die sie frech hofierten.
»Sehen wir uns noch einmal?« rief Jahn Moni nach, als Eberhard sie mit festem Griff wie ein unfolgsames Kind aus dem Klub zu zerren versuchte.
»Spinnst du«, fauchte sie und riß sich los.
Moni lief ins Klubhaus zurück, zurück zur Theke und zu Jahn, und Eberhard ließ sich auf seinen Fahrradsattel plumpsen. Dann stieg er voller Wut in die Pedale, schoß den Hofweg entlang durch Winterhude, über die Krugkoppelbrücke, Richtung Klosterstern, nach Hause, nach Hause. Sein Herz pochte bis zum Hals.
»Vielleicht zock' ich jetzt noch 'ne Runde«, sprach er zu sich selbst, als er das Fahrrad in den Hausflur schob.
Es war lange nach neun, die Kerle im »Falkenstübchen« um die Ecke gaben sicher schon die Karten aus. Fassen wir einmal wieder ein Blatt an! Der Gedanke an die Handvoll Karten gab ihm seine Fröhlichkeit zurück. Zocken im vertrauten Kreis, besoffene Jungs, Gedankenaustausch auf niedrigem Niveau, Spielen, Rauchen, Saufen, Blödeln. Das war es, was

er jetzt brauchte. Seit ihn Moni so in Beschlag nahm, hatte er auf diese simple Art der Unterhaltung verzichtet, fiel ihm jetzt auf. Entzugserscheinungen hatte er, jawohl! In seiner Tasche klimperten die Münzen, in seinem Sakko hatte er ein paar Scheine stecken, Trainerlohn. Mehr als verlieren kann man nicht, alte Zockerweisheit. Grinsend stieß er die Tür zum »Falkenstübchen« auf, wo um den runden Tisch die Clique saß. Eberhard wurde fröhlich begrüßt, hallo, hallöchen! Nähe unter Freunden, was braucht der Mann mehr? Weiber sind doch nur zum Tändeln da.

Dieses Jahr hatten in Hamburg die großen Ferien später als gewöhnlich angefangen; deshalb hielten sich viele Leute noch in der Ferne auf. Auch im Klub war es leer. Um diese späte Abendstunde lagen die Tennisplätze in den langen Schatten der Kastanien und Pappeln verlassen da. Seit er auf den Platz hinausgegangen war, ganz allein, nur mit seinem Eimer Bälle und dem Schläger, um Aufschläge zu üben, seitdem hatte Melancholie von Eberhard Besitz ergriffen.

Eigentlich schade, dachte er, daß mein kleiner »Magazin«-Herausgeber auch noch zwei Wochen in Urlaub ist.

»Verräter!« hörte er jemand in diesem Augenblick hinter sich zischen. »Aus den Augen, aus dem Sinn!«

Moni hatte sich lautlos an ihn herangeschlichen, hatte ihn mit beiden Armen umfaßt, hatte ihren Busen an seinen Rükken gedrückt und war ihm dann mit den Fingern unter sein

Polohemd gefahren. Sogleich begannen seine Brustwarzen sich aufzurichten und sein Specht wurde hart.
»Dir steht er wohl sofort«, lachte ihm Moni ins Ohr. »Hast du vergessen, daß heute meine Stunde ist?«
Tatsächlich, Monis Stunde hatte er vergessen. Sie spielten ja schon länger nicht mehr Tennis miteinander, nur noch diese anderen Spielchen. Und auch damit hatten sie pausiert. Moni war zwei Wochen bei ihren Eltern in Braunschweig gewesen: Ihr jährlicher Pflichtbesuch, meinte sie bedauernd. Oder auch nicht. Eberhard wirbelte sie herum, packte sie an ihrem straffen Hintern und schob seinen Unterleib an ihren Bauch. Stöhnte exaltiert.
»Ich hab' dich so vermißt! Bin ganz aus der Übung«, zwinkerte er. »Sammel doch schon einmal die Bälle ein! Ich muß nur schnell pissen und eine rauchen.«
Er sprintete ins Klubhaus; aus den Augenwinkeln sah er, wie Moni Bälle sammelte und brav den Platz abzog.

»War heute nicht so toll, wie?«
Moni hatte in der Stunde keinen Tropfen Schweiß vergossen, so unbeweglich und träge hatte sie an der Grundlinie herumgestanden.
»Hattest du doch keine Lust?«
»Lust schon – aber nicht auf Tennis!«
Stimmt ja: Nicht bei allen seinen Freunden stand der kleine gelbe Ball so im Mittelpunkt wie bei ihm.
»Tennis, Tennis, Tennis«, stöhnte Moni manchmal, wenn er

es einfach nicht lassen konnte, über Tennis zu schwadronieren. Wo sie auch waren, in der »Palette«, im »Schampus« oder bei »Schwender's«.
Wieder fuhr ihm Moni unters Polohemd und drückte ihm einen Kuß aufs Ohr. Auf den Plätzen war es inzwischen dämmrig und kühl geworden.
»Laß uns zusammen duschen«, schlug Eberhard Moni vor.
Sie nickte heftig. Bei den »Damen« gab es einzelne, voneinander getrennte Duschkabinen. Arm in Arm, die Schläger und den Eimer mit den Bällen neben sich herschwingend, gingen sie auf Klubhaus zu, ein nettes Paar, könnte man denken.
Im Restaurant saßen nur noch drei, vier Figuren und spielten Karten, der Junge hinter der Theke wischte das Kupfer blank. Ungeniert folgte Eberhard seiner Moni zu den »Damen«, wo man noch hinter einer der Duschkabinen ein Plätschern hörte. Eilig gingen die beiden in die Kabine am anderen Ende des Raums, kleideten sich schnell aus und ließen das heiße Wasser über ihre Körper rinnen. Moni hatte sich an Eberhard gehängt, die kleine, geile Person, schlang ihre Schenkel um seine Hüften und suchte unter dem heißen Strahl seinen Mund. Dann glitt sie an ihm herab. Sie waren ineinander verflochten, während das Wasser dampfend über sie hinwegrauschte. Moni keuchte so, daß Eberhard befürchtete, sie könne sich verschlucken. Schließlich verschwand alles, was die beiden in den paar Minuten vergossen hatten, gurgelnd im Abflußwirbel. Gut gelaunt und

matt betraten sie dann den Klubraum, glühend, proper; die letzten verbliebenen Trinker nahmen sie grinsend in ihrer Mitte auf.
»Jetzt ein Jever!« bestellte Eberhard und trank auf die Einheit von Körper und Geist.
Moni hatte sich auf einem der Barhocker niedergelassen und ihm den Arm zudringlich um den Nacken geschlungen. Als ob sie demonstrieren wollte, wie verliebt sie gerade sei.

Braungebrannt und drahtig war der »Magazin«-Herausgeber aus seinem langen Urlaub zurückgekommen. Schwimmen und Abstinenz, bemerkte er lakonisch. Sechs Wochen hatten sie sich nicht gesehen, der Tennislehrer und sein kleiner Schüler. Jahn war einfach auf dem Platz erschienen und hatte sich auf die Abmachung bezogen, die sie vor diesen sechs Wochen getroffen hatten. Alle Achtung. Er hatte die neueste Ausgabe der »Chronik« unter dem Arm, legte sie ausgebreitet vor sich auf den Tisch im Klubhaus und blätterte demonstrativ.
»Schön geschrieben«, sagte er unvermittelt und zeigte Eberhard dessen eigenen Artikel über Thomas Bernhard. »Der blanke Haß der schönen Seelen« war er betitelt. Von Eberhard Schütz stand darunter. Tatsächlich. Sie hatten den Artikel schon gebracht, wie nett. Eberhard grinste Jahn mit seinen langen, gelben Zähnen an:
»Tennis oder Journalismus? Was wollen wir denn heute treiben?«

»Laß uns über Journalismus reden. Finden Sie nicht, daß es Zeit wird, daß Sie solche Sachen mal für uns schreiben?«

Sei doch vertane Liebesmüh', da in der »Chronik«.

Eberhard nickte abwesend, nahm sich eine neue Zigarette aus der Schachtel und paffte seinem Schüler den Rauch ins Gesicht.

»Verzeihung. Entschuldigung«, sagte er dann rasch und verlegen.

»Warum nicht?«

Das »Magazin« mit seiner Millionenauflage. Warum nicht?

»Ich meine das nicht unverbindlich«, erklärte ihm Jahn kühl. »Ich möchte Ihnen einen Job anbieten. Eine Stelle als Redakteur oder als Autor, ganz wie Sie wollen.«

Der Chef war wieder zum förmlichen »Sie« übergegangen. Mit seinem Ressortleiter Kultur, beeilte er sich hinzuzufügen, habe er alles bereits besprochen.

»Mit Doktor Wendig. Sie kennen ihn!«

Der Doktor sei auch sofort einverstanden gewesen, erzählte ihm Jahn noch hämisch grinsend. Der Doktor sei im ganzen Haus bekannt für seinen vorauseilenden Gehorsam.

»Reden wir morgen noch mal drüber, Chef?«

Verdutzt, vielleicht verärgert, kippte Jahn sein Jever hinunter, glitt vom Barhocker und schlurfte aus dem Tennisklub, leicht wankend wie ein Matrose. Draußen erwartete ihn Alfred in seinem abscheulichen Japaner.

»Wird schon werden, Chef«, tröstete der ihn.

Alfred nickte dem kleinen Mann im Fond zu und meinte damit beides: sein Tennisspiel und Eberhards Eintritt in die Redaktion des »Magazins«. Mit einer unwirschen Handbewegung brachte Jahn ihn zum Schweigen.

5.

Schreiben! Schon immer hatte Eberhard geschrieben. Wollte einmal mit Schreiben zu tun haben als Autor, Redakteur oder freier Mitarbeiter bei Zeitungen oder Zeitschriften, egal. Im Gegensatz zu den vielen anderen in diesem Gewerbe, hatte er nie Angst vor dem weißen Blatt Papier gehabt. Er hatte keine Scheu davor, es zu beschreiben. Er mußte nie auf den Musenkuß, oder wie die gehemmten Schreiberlinge das nannten, warten, im Gegenteil. Das weiße Blatt provozierte ihn geradezu. Es war ihm eine Lust, die Schreibmaschinenbuchstaben auf dem Papier tanzen zu sehen. Wie diese Zeichen Zeile für Zeile Form annahmen – wie bei einem Gewebe. Es machte ihm Spaß, wenn aus einem Gedanken Schrift wurde und er sich dann wieder in Phantasie zurückverwandelte. Deshalb konnte er auch so gut allein sein; allein mit sich und der Sprache und der Schrift.

»Die Stunden und Tage, die ich auf diese Weise verbringe«, notierte er sich einmal in sein Tagebuch, »genieße ich geradezu obszön.« In solchen Zeilen seines Tagebuchs sah er sich selbst gelegentlich wie in einem Spiegel.

»Schreiben. Nicht so hoch hängen! Schreiben ist Handwerk.

Wenn man es nicht täglich ausübt, verlernt man es«, hatte ihn einmal Martin Walser in einem Gespräch freundlich belehrt.
Jetzt sollte er also für das berühmte »Magazin« schreiben. Für viel Geld. Bei diesem Gedanken kicherte der Tennislehrer doch ein wenig in sich hinein. Konnte er sich das überhaupt vorstellen? In so einem riesigen Apparat zu sitzen? Organisiert und kontrolliert, belohnt und bestraft wie ein gewöhnlicher Redakteur? Er selbst war nie regelmäßiger Leser des »Magazin« gewesen. Viel Unfug, viel Geschwätz stand jede Woche in diesem Blatt. Die dünnen Pointen, die flauen Wortspielchen, die schnell verglühenden Funken, die dort aus den dürren Einfällen geschlagen wurden, Woche für Woche, seit nunmehr vierzig Jahren. Was für eine Verschwendung von Energie, Talent, Papier und Druckerschwärze! Im Kulturteil hatte zudem eine lähmende Ausgewogenheit Einzug gehalten. Feigheit als Auflagensteigerung. Niemandem weh tun. Man war inzwischen zu sehr miteinander verbandelt. Die Kritiker mit dem Kulturbetrieb und der Kulturbetrieb mit den Kritikern. In den hundert Gremien, dem Überbau des bundesdeutschen Kulturbetriebs, saß man sich andauernd gegenüber. Man wußte zuviel voneinander.
Und ich, dachte Eberhard, soll nun die Lunte an diesen verdörrten Kulturteil legen.
Feurio, rette sich, wer kann! kratzte er sich, sozusagen als Parole, auf seine Arbeitsplatte. Dann malte er die Buchstaben noch mit dickem Filzstift aus. Ausrufezeichen. Dann

warf er das »Magazin« in hohem Bogen Richtung Bettstatt und bückte sich, um noch einmal die Ausgabe seiner Tenniszeitschrift durchzublättern. Studierte noch einmal das Inhaltsverzeichnis, auf daß ihm nichts entgehen solle. Dann schlug er das Interview mit Mats Wilander auf, in dem der, Borg als Vorbild nennend, seinen baldigen Rücktritt aus dem Tenniszirkus bekanntgab. Armer Mats. Die Melancholie des immerzu Erfolgreichen hatte um seine Mundwinkel schon tiefe Falten eingegraben, hatte das Grübchen am Kinn zu einem dunklen Krater ausgehöhlt. Erst kürzlich hatte man von einem Selbstmordversuch vernommen, den der Schwede auf seinem Wohnsitz in Spanien unternommen haben sollte. Wie soll man auch leben ohne Tennis? Eberhard nahm noch einmal den Vertrag zur Hand, den ihm Jahn bei ihrer letzten Tennisstunde überlassen hatte, und unterschrieb ihn schnell. Bei seinem Spaziergang durchs nächtliche Kneipen-Eppendorf würde er ihn direkt am Postamt 20 einwerfen. Nebenan, im schnieken Art-Deko-Café von Dieter, sah er sich bereits als »Magazin«-Redakteur im Spiegel hinter der Bar reflektiert.

»Prost!« flüsterte er dem Redakteur zu.

Dann beugte er sich tief über die Theke und sagte zu Dieter: »Ich spendier' dir ein Glas Schampus.«

Das regelmäßige Einkommen würde auch seine Finanzen wieder in Ordnung bringen. Das neue Jahr mit dem ersten, festen Job zu beginnen, ist wahrhaftig ein guter Vorsatz.

»Guten Morgen, ich bin der Neue.«
Eberhard grinste die Pförtner hinter ihrer hohen marmornen Theke unsicher an, als er deren kühlen Blick gewahr wurde. Skepsis? Dabei hatte er sich heute extra fein gemacht. Zum dunkelgrünen Sakko trug er ein buntes Polohemd und dazu eine grelle Krawatte.
»Mein Name ist Schütz. Eberhard Schütz. Ich glaube, ich bin der neue Redakteur in der Kultur. Herr Doktor Wendig erwartet mich.«
»Glaube ich«, hatte er jetzt erst sagen wollen. Er schickte noch so ein unsicheres Lächeln zu den Pförtnern. Distinguierte, arrogante Typen, alle Achtung, Herr Jahn. Einer der Pförtner rief zunächst in der Kulturredaktion an – um Eberhards Behauptung zu überprüfen? Ein anderer blätterte in einem Dossier, lauter aneinanderhängende Computerausdrucke. Stand sein Name da schon drin? Eberhard reckte sich, da reichte ihm einer der Pförtner bereits einen Passierschein. Währenddessen kümmerte sich der dritte der Herren um die in schneller Folge eintretenden Mitarbeiterinnen und Mitarbeiter des Hauses, indem er ihnen freundlich »Guten Morgen, Herr X«, Schöner Tag, Frau Y« zurief.
»Herr Schütz«, wandte sich der zuerst angesprochene Pförtner dann wieder an Eberhard und sagte laut und deutlich, als ob er es mit einem Begriffsstutzigen zu tun habe: »Sie nehmen jetzt den Aufzug, fahren in den siebten Stock und suchen dort das Zimmer siebenhunderteinundvierzig auf, Frau

Fröhlich, die Sekretärin von Herrn Doktor Wendig, erwartet Sie bereits.«

Eberhard gesellte sich zunächst zu der schweigenden Gruppe, die auf einen der Aufzüge wartete. Er warf noch einen Blick zurück auf die düstere Eingangshalle, wo offensichtlich ein einflußreicher Herr des Hauses seinen Geschmack in Stein, Marmor, Glas und Metall hatte Gestalt werden lassen. War das etwa Jahn? Fühlte sich der kleine Mann unter solch eindrucksvollen Gewölben wohl? Gewann sein Auftritt unter dieser hohen Decke an Gewicht? Die Eingangshalle war mit schwarzem Marmor ausgekleidet. Die Theke, hinter der die Empfangsherren hoheitsvoll thronten, war ganz aus grauem Stein. Über Monitore konnten die Pförtner alles verfolgen, was vor den Aufzügen vor sich ging, was sich in der Tiefgarage gerade tat und wer in diesem Augenblick den Platz vor dem Eingang des hohen Hauses überquerte. Sollte diese Batterie von Monitoren, die eines Fernsehstudios würdig wäre, Besucher beeindrucken? Die Mitarbeiter wissen lassen, daß sie immerzu unter Kontrolle standen? Oder litt jemand im Haus unter Verfolgungswahn? Durch die Schwingtür, dem einzigen Ein- und Ausgang der Höhle, kam gerade Doktor Wendig hereingeweht. Er ergriff den immer noch neugierig wartenden Eberhard fest am Ärmel und schob ihn in den Fahrstuhl, der beide in den siebten Stock transportierte.

»Schön, daß Sie da sind. Endlich!« schrie ihm sein neuer Chef euphorisch ins Gesicht. »Jetzt wird sich unsere Sache zum Guten wenden«, sagte er ohne Ironie.

»Die Kultur, müssen Sie wissen, fristet bei uns ein Schattendasein!« dröhnte er mit angestrengter Heiterkeit weiter, während er die schwere Glastür zum Kulturflur aufstieß und Eberhard höflich den Vortritt ließ.

»Sie wissen schon, was ich meine«, flüsterte er ihm verschwörerisch zu. »Sie werden das ändern, hoffe ich«, echote er mit langem Blick auf den Neuen.

Dann stellte er Eberhard den im größten Raum versammelten Sekretärinnen vor. Drei elegante Damen wandten sich mit leichtem Spott an den neuen Redakteur. Man gab sich Pfötchen, tat kund, wer man war und woher man kam. Auf Eberhards Bemerkung, er sei von Beruf Tennislehrer, brachen sie alle in schallendes Gelächter aus. Dann wandten sie sich wieder ihrer Arbeit zu, er zog sich in sein neues Zimmer zurück.

Komisch, so ein erster Arbeitstag. Während die anderen Kollegen – ein Wort, an das er sich würde gewöhnen müssen – irgendwelchen wichtigen Tätigkeiten nachgingen – draußen auf dem Flur jedenfalls war ein Gerenne, andauernd läutete irgendwo ein Telefon, von Ferne hörte man Wendig lachen –, rief Eberhard ein paar Leute an, von denen er annahm, daß sie sich über einen Anruf aus dem berühmten »Magazin« freuen würden: Moni, David und ein paar von seinen Zockerkumpeln.

Die Anstellung beim »Magazin« war die erste feste Arbeitsstelle des sechsunddreißigjährigen Eberhard Schütz. Das Tennislehrerdasein hatte er gegenüber dem Finanzamt und der Krankenkasse als eine Art studentischen Nebenverdienst deklariert. Das Geld, das er bar aus der Hand seiner Schüler erhielt, steckte er achtlos in die Taschen seiner Tennishose, wo es von den Sandresten rote Farbe annahm. Bis heute hatte er die Freuden des Angestelltendaseins nur aus der Entfernung, sozusagen aus der Sicht der Schreibtische von Freunden, kennengelernt: Steuerkarte, Versicherungsheft, Krankenkasse, Zusatzversorgung, Lebensversicherung und so weiter, und so fort. Statt aufregende Themen auszuspüren, hatte er zunächst im hohen »Magazin«-Haus derartige Formulare auszufüllen. Einige seiner neuen Kollegen, gewitzt im Umgang mit der Bürokratie, hatten ihm sogleich ihre Hilfe beim Ausfüllen angeboten.

»Mit Schreibarbeit verdienen wir doch alle hier unser Geld«, so Wolf Hartter, sein Zimmernachbar, ironisch.

Hartter bot ihm gleich das Du an und warnte ihn vor diesem und jenen Kollegen auf dem Flur und im ganzen Hause. Eberhard konnte gar nicht so schnell fragen, wie er von Hartter Antworten bekam. Hartter rühmte sich vor allem seiner Beziehungen zu gewissen Schlüsselpositonen im Hause.

»Nein, nicht zum Herausgeber oder zu den Chefredakteuren. Was denkst du! Zum Redakteur des Leserbrief-Ressorts!«

Leserbriefe, klärte ihn Hartter auf, seien ein wichtiges Mittel, um Stimmung zu machen.

»Mit Leserbriefen kann man Haus-Politik treiben! Gelegentlich schreibe ich mir meine Leserbriefe schon mal selber«, scherzte Hartter. »Das bringe ich dir auch noch bei!«
Zu Anfang galt es vor allem, klärte ein anderer Kollege Eberhard auf, seine Personalnummer auswendig zu lernen.
»Sonst gibt es am Trog keinen Fraß«, so Klaus, ein altgedienter Recke des »Magazin«.
Wie viele Kämpfe hatte er allein dafür ausgefochen, endlich unkündbar zu sein, nach mehr als zwanzig Jahren.
»Nur Mut!« rief ihm Klaus noch über den Flur zu.
Mit dem Trog meinte er die Kantine des Hauses. Sie war zu Recht berühmt in der ganzen Stadt. Sie war nicht der Bauch, sondern der Kopf des Unternehmens: Hier traf man in ritueller Regelmäßigkeit zum Themengespräch aufeinander und frotzelte ein wenig; ein bißchen wie auf einem Schulhof kam es Eberhard vor. Beim Anblick dieses Kollegen oder jener Kollegin wurden Gerüchte in Umlauf gebracht, und so mancher brave Mensch ging nach dem Mittagessen in einer Wolke aus Verleumdungen von dannen. In der Kantine wurde, sozusagen zum Dessert, die auf den Redaktionsetagen so schmerzlich empfundene Ereignislosigkeit mit Klatsch und Tratsch kompensiert. Trügerisch einvernehmlich miteinander scherzend, ging man erst auf den verschiedenen Etagen des Verlagsgebäudes wieder auseinander und fand, ein leises »Arschloch« auf den Lippen, erst in den winzig kleinen Redaktionsstuben wieder zu sich selbst.

Seit seiner Anstellung beim »Magazin« vor mehr als drei Monaten – Eberhard zählte geradezu manisch die Wochen – mußte er seinen Sport sehr einschränken. Hatte er zunächst geglaubt, manchen Vormittag und frühen Nachmittag während der Wochen auf der Tennisanlage verbringen zu können, wurde er im Lauf der Zeit eines Besseren belehrt. Auch Anwesenheit war hier gefragt.

»Was soll ich denn antworten, wenn die oben nach Ihnen fragen? ›Auf dem Tennisplatz‹, etwa?« hatte ihn einmal Wendig mit vor Sorge zerfurchter Stirn gefragt. Eberhard zuckte nur die Schultern und zog sich in sein Stübchen zurück, das sie hier die »Zelle« nannten. Er schloß leise die Tür, legte die Beine auf den Schreibtisch und griff nach dem Telefon, um Moni anzurufen. Sie wollte heute abend lecker kochen. Dann fledderte er noch einmal – zum wievielten Male wohl – die bereits am Vormittag durchgeblätterten Zeitungen und Zeitschriften durch. Er schaltete sein kleines Radio ein und suchte vergebens einen Sender mit Musik nach seinem Geschmack. Gleich knipste er das unnütze Ding wieder aus und ging aufs Klo. Die Kollegen fänden es seltsam, hatte ihm einmal Birgit, eine der Sekretärinnen, gesteckt, daß er sich immer in seinem Zimmer einschließe.

»Einschließen? Hier gibt's doch gar kein Schloß an der Tür!«

Im übrigen könne ihn jeder besuchen, der Lust darauf hätte. Noch einmal blätterte er den »Kicker« durch und riß sich die Seiten mit den Tabellen heraus. Könnten vielleicht bei Wetten nützlich werden. Auf dem Boden stapelten sich noch eine Menge anderer Sportblätter, »Sports«, die englische und deutsche Ausgabe, die französische Zeitung »Equipe«. »Tennis« und »Tennismagazin« hatte er immerhin ordentlich in seinem Bücherregal untergebracht. Und »Tiercé«, das Blatt der Wetter und Zocker, hatte er endlich abonnieren dürfen. Mit seinen Eppendorfer Wettkumpanen hatte er erst neulich einen Pferdewettklub gegründet, sozusagen als Antwort auf deren Frage nach seinem Gehalt. Bei diesem illegalen Spielklub stand er derzeit mit achttausend Markt in der Kreide.

»Kommt Zeit kommt Geld!« hatte Eberhard die Mahnung, seine Schulden zu begleichen, beantwortet.

Im Moment wartete er auf sein erstes Urlaubsgeld, immerhin ein volles Monatsgehalt. Auf dem Flur redeten die Kollegen seit Tagen von nichts anderem. Leider fresse die verdammte Steuer die Hälfte davon weg. Auch Eberhard würde das im Lauf der Zeit noch schmerzlich spüren.

Im Grunde behagte ihm die Arbeit im Büro, der Umgang mit den Kollegen. Während seiner Anwesenheit stand er unter keinerlei Produktionszwang. Allein seine pure Präsenz, seine tägliche Einmischung in die Geschehnisse der Redaktion und in die Diskussionen auf dem Flur, schien sein Gehalt zu rechtfertigen. Dachte er. Allein die Tatsache, in der Zelle die Zeit abzusitzen, auf Abruf zur Verfügung zu stehen, füllte ihn aus und gab ihm das Gefühl dazuzugehören. Wie vielen, der mehr als zweihundert Kollegen, fragte er sich öfter, wenn er seinen Blick über die grünspanigen Dächer der Stadt schweifen ließ, ging es wohl ähnlich? Am Turm der Katharinenkirche, der sich wie ein Finger vor dem Hafen erhob, blieb sein Blick meistens hängen. Dann stand er auf, starrte darauf und suchte ein Geheimnis in dem uralten Gemäuer zu ergründen. Während solcher Reflexionen massierte er oft seinen rechten Unterarm. Er drückte die Venen, so daß sie dunkelblau hervortraten; jeder Junkie würde ihn um diese dicken Venen beneiden! Er betastete die Hornhaut zwischen Zeigefinger und Daumen der rechten Hand. Da, wo er den Schläger packte, war sie hart und grau und rissig wie Elefantenhaut. Ja, ja, die Atmosphäre im siebten Stock des »Magazin«-Hochhauses war so herrlich entspannt. So erfüllt von Gesprächen und eitlen Konferenzen, von Korrespondenzen und Anrufen der wahren Meinungsführer der Republik. Alle seine Kollegen hatten immerzu so tolle Projekte. Von denen manche nach Wochen des Wartens, Recherchierens, Antichambrierens und mühsamen Zusammenschreibens sogar realisiert wurden. Nicht zuletzt wirkte der Ruf des »Magazin« wie ein Sesam-öffne-dich, so daß es nie sonderlich schwierig war, die richtigen Partner zu finden, die richtigen Auskünfte, die wichtigen Tips zu bekommen.

»Sie haben Glück, Eberhard!«

Nach schnellem Anklopfen stürzte sein Ressortleiter Wendig mitten hinein in Eberhards Tagträumereien.

»Sie haben einen Gönner! Ho! Ho!« lachte er.

»Prost!« Wie zum Gruß hob Eberhard die Hand.

Ein Sektglas in der Rechten, forderte ihn Wendig nun seinerseits auf, hinten bei sich und den Sekretärinnen einen Schluck zu nehmen. Heute, wo doch schon wieder Freitag war. Während die Kollegen aus den politischen Ressorts und der Wirtschaft noch über Manuskripten und Druckfahnen saßen, packten sie hier unten in der Kultur ihre Taschen und ausrangierten Plastiktüten mit der Gratisware voll, die während der Woche unaufgefordert eingetroffen war: Bücher, Taschenbücher, Kunstkataloge, Schallplatten, Einladungen, Eintrittskarten. Schwer beladen, verabschiedeten sich einige bereits ins Wochenende. Übrig blieb zumeist nur der kleine Kreis der Spieler und Trinker. Der verabredete sich dann nach einem letzten Schluck auf der Etage – für die Weiterführung der Geschäfte im »Eckstübchen« gegenüber, in der Ost-West-Straße. Dort saß man, Karten in der Hand und einen Haufen Münzen vor sich auf dem Tisch, den Rest des Freitagabends ab.

»Wird Zeit, daß Sie einmal wieder etwas im Heft haben«, stichelte Wendig gutgelaunt.

Mit einem Fullhouse hatte er eben Eberhard das ganze Geld abgenommen. Ho! Ho! Ja, ja, nickte der. Über seinen ersten Artikel im »Magazin« hatte sich die ganze Republik erregt. Eberhard hatte sich eine Schlüsselfigur des bundesdeutschen Literaturbetriebs vorgenommen, *den* Kritiker schlechthin. Er hatte ihn als »einen furchtbaren Kunst-Richter« bezeichnet. Mit diesem Artikel handelte sich Eberhard den schlimmsten Vorwurf ein, den die öffentliche Meinung zu vergeben hatte: Antisemitismus. Dabei hatte er nur diesem sich aufplusternden, selbstherrlichen Kritiker-Papst übers häßlich ausgefranste Maul fahren wollen. Das »Magazin« konnte den Eklat damals gut ab. Anders war es mit Wendig bestellt, der seinen journalistischen Ziehvater verunglimpft sah. Den nannte er immer freundschaftlich »Mein lieber Professor«.

Als Moni ihre Türe öffnete, roch es gut nach Essen.
»Ossobuco. Meine Spezialität. Mach es dir im Wohnzimmer bequem. Ich setze nur noch die Spaghetti auf.«
Monis Wohnung lag auf die Eilenau hinaus, lediglich Bad und Küche waren in den beiden hinteren Räumen eingerichtet. Weil bei der kürzlichen Renovierung auch schalldichte Fenster eingebaut worden waren, sah man die Autos die Eilenau leise wie Spielzeuge entlangfahren. Das Wohnzimmer schmückte ein kleiner Erker, in den Moni einen alten Sessel gestellt hatte. Von dort blickte man auf den Kuhmühlenteich, auf die Weiden, die tief in das Gewässer leckten, auf das andere Ufer, wo sich einsam ein Monument aus dem vergangenen Backsteinjahrhundert, die evangelische St. Gertrudenkirche, erhob. Dahinter ragten die Mundsburg-Hochhäuser in den Himmel, drei weiße, urbane Akzente in der flachen Stadt.
Schön hatte sich Moni eingerichtet, kostbar. Eberhard hatte bisher kaum darauf geachtet. Antike Möbel, alte Bilder, ein teurer Teppich auf dem mit edlem grauen Teppichboden ausgelegten Raum. Hatte sie das geerbt? Gekauft? Von ihrem Se-

kretärinnengehalt bezahlt? Gedankenverloren strich Eberhard über die polierte Oberfläche eines grazilen Damensekretärs. Auf ihm lagen Kontoauszüge herum, ein angefangener Brief nach Hause. Aus einem mit Intarsien verzierten Holzkästchen lugte ein brauner Schein hervor. Nicht möglich, stutzte Eberhard, als er den Deckel hab, ein Fünfhundertmarkschein.

»Sag mal«, hörte er Moni von der Tür her schimpfen, »schnüffelst du in meinen Privatsachen herum?«

»Nö. Ich freu' mich nur an den schönen Dingen, die du da zusammengetragen hast; und wundere mich über diesen braunen Schein.«

»Den schickt mir mein Exmann. Jede Woche.«

Moni wurde schnell kratzbürstig. Sie verschwand wieder in der Küche. Eberhard lief ihr nach und schaute ihr bei den Vorbereitungen über die Schulter – wie sie einen Tropfen Öl ins Spaghettiwasser goß, wie sie noch einen Blick auf die Ossobuco-Scheiben warf, die in der Backröhre vor sich hin brutzelten. Den Wein hatte sie bereits geöffnet, frischen Frascati; aus dem Glas, das auf dem Küchentisch stand, süffelte sie während des Kochens in einem fort. Eberhard schenkte sich auch ein Glas ein und prostete Moni versöhnlich zu, die daranging, den Vorspeisensalat auf zwei Tellern zu dekorieren. Dabei nahm er sie von hinten in die Arme. Geil, wie sie so, über den Tisch gebeugt, dastand. Doch sie schien keinen Spaß an Zärtlichkeiten zu haben. Sie schob ihn unwirsch weg und schickte ihn wieder ins Wohnzimmer.

»Aber laß das Kramen. Das kann ich nicht ab!«
Eberhard bestaunte ihre Schallplattensammlung, an die zweihundert Platten mochten das sein, die ganz unten im Regal standen. Nicht unbedingt sein Geschmack. In einem zweiten Fach des Regals hatte Moni ein Konversationslexikon stehen, dazu Romane, Biographien, Taschenbücher südamerikanischer Autoren. Im obersten Fach standen nur Fotos, Familienfotos, Moni von fünf bis fünfunddreißig. Und ein Kästchen voller Schmuck, glitzerndes, funkelndes Geschmeide. Eberhard legte eine Platte auf, etwas Jazziges von Gitte, der Dänin, leise, damit man sich beim Essen unterhalten konnte. Moni war eine fantastische Köchin, sie aß schließlich selber gerne und trank auch tüchtig. Wein, Sekt, besseren versteht sich, gelegentlich Champagner.
»Zum Nachtisch gibt's Champagner. Im Bett!«
Ob ich heute einmal bei ihr übernachten darf? fragte er sich, als er sie in der Küche rumoren hörte. Moni sprang zwar gerne und oft und fast jederzeit mit ihm ins Bett, aber schlafen wollte sie immer alleine, komisch. Dabei war morgen Samstag, und Moni hatte frei. Und auch er mußte erst am Nachmittag auf dem Tennisplatz sein. Sein oberster Chef, Jahn, hatte wieder einmal um eine Trainingsstunde gebeten.
»Erzähl doch ein bißchen vom ›Magazin‹«, forderte ihn Moni auf, während sie genüßlich das Kalbfleisch vom Knochen pulte. »Von Jahn. Wie ist der? Sieht man den überhaupt in seinem Laden?«

Eberhard erzählte ihr von der vergangenen Woche, wie sein letzter Artikel über einen Bonner Fernsehkorrespondenten eingeschlagen hatte. Wie die Montagskonferenz darüber geteilter Meinung war, wie sich die Streitereien bis in die Redaktionsetagen fortsetzten. Wie er überall auf einmal Neid und Mißgunst verspürte, weil er so ins Gerede gekommen war. Vor allem Hartter, sein Zimmernachbar, war plötzlich von einer spürbaren Unfreundlichkeit, nur durch linden Sarkasmus gemildert. Hartter hatte nämlich dieselben Themen auf seiner Liste gehabt.

»Aber ich war schneller«, grinste Eberhard Moni an. »Hartter braucht immer acht Wochen für einen Artikel.«

»Manchmal auch ein Jahr«, hetzte Doktor Wendig gelegentlich.

Eberhard erzählte Moni von dem Gedröhn, das auf den »Magazin«-Fluren herrschte, von dem angeberischen Getue, mit dem die Kollegen ihre Duftmarken setzten wie Hunde, die ihre Reviere abgrenzen. Ho! Ho!

»Damit übertönen sie doch nur ihre eigene Hohlheit.« Moni wollte Eberhard trösten. »Hast du auch gehört, daß Spinger sich umgebracht haben soll?«

»Ein Selbstmord«, meinte Eberhard, »regt doch in Hamburg niemanden auf.«

»Alles frisch!«

Beim Herzeigen der unberührten Laken und Decken mimte Moni mit einemmal die tüchtige Hausfrau. Auf jede Seite des

breiten Lagers hatte sie ein Sektglas hingestellt, der Champagner ragte dekorativ aus einem silbrigen Kühler. Moni hatte sich bereits unter die Decke verkrochen und räkelte sich lüstern, Eberhard machte seine Zigarette aus und kuschelte sich an sie. Sogleich griff sie ihm zwischen die Beine.
»Steck ihn rein!«
Immer wieder war es ihm unangenehm, wenn sie so vulgär über ihr Beisammensein redete. Im Bett war sie phantasievoll und gelenkig, gelegentlich spielte sie ihm zu toll die Nymphomanin vor. Aber auch heute nacht durfte er wieder nicht an ihrer Seite einschlafen.
»Du bist mir manchmal zu romantisch veranlagt, mein Lieber.«
Völlig nackt verabschiedete sie ihn an ihrer Wohnungstür. Draußen hatte er Mühe, matt und angesoffen wie er war, sein Fahrrad vom Gitter ihres kleinen Vorgartens loszuschließen. Oben bei Moni brannte bereits kein Licht mehr. Eberhard fuhr in die Nacht, ohne daß sie ihm auch nur einen Blick hinterhergeworfen hatte.

Ehe er auf den Platz fuhr, las Eberhard noch einmal seinen Artikel über den Korrespondenten durch. »Bonns erster Kammerdiener« war ein guter Freund von Jahn. Die Lektüre würde ihn locker machen für die Begegnung mit seinem Chef. Ausgerechnet letzten Montag, als sein Text, wieder einmal, im Mittelpunkt der Heftkritik stand, war Jahn nicht dagewesen. Eberhard trank gerade an der Theke seinen Kaffee aus, als

Jahn in der Tür stand und ihn mit einem scheelen Blick bedachte. Richtig, fiel es Eberhard wieder auf, Jahn hatte einen Blick wie Jean-Paul Sartre. Man wußte nie so genau, wo er hinstarrte. Langsam trotteten die beiden ungleichen Gestalten auf den Platz hinaus, und Eberhard gab seinem Chef und Schüler die Bälle schön langsam auf die Vorhand. Kein Ton über den Artikel.

»Schön! Ja. Laufen! Gut!« lobte er Jahn.

»Üben, üben, üben!« ermahnte er ihn, als sie beide die Bälle einsammelten.

Irgendwie ziellos, so schien es auf diese Distanz, kam Moni angeschlendert, als ob sie nur mal eben vorbeischauen wolle. Jahn hatte sie bereits entdeckt und ließ die Bälle vom Schlägerkopf rollen. Soll sich doch der Lehrer danach bücken, wird ja dafür bezahlt!

Als ob er über ihr Erscheinen Bescheid gewußt hätte, dachte Eberhard.

Jahn packte Moni bei der Schulter und drückte sie.

Mir ist es recht, wenn mein Chef sich mit meiner Freundin gut versteht, dachte er noch.

Dann zog er sich nach einer kurzen Begrüßung unter die Dusche zurück. Als er die beiden Schulter an Schulter an der Theke tuscheln sah, stieg doch ein seltsames Gefühlt in ihm auf. Eifersucht?

Laß ja die Finger von meiner Freundin, Junge! dachte er dann doch erbost. Doch die hatten sich bereits fest in Monis Arm gegraben.

Neben den beiden stand sein Glas Bier ganz ohne Schaum; so lange sei er unter der Dusche gestanden. Mit einem Zug schüttete Eberhard es die Kehle hinunter. Heiß hier. Am anderen Ende des Klubrestaurants schlich sein Freund David, ein Bierglas in der Hand, herum. Dann nahm er zögernd an einem der Tische Platz, auf dem sich eine ausgelassene Runde Anfängerinnen niedergelassen hatte.
»Meine Erstsemester«, nannte David sie.
Ach ja, Tennis hatte Moni ganz aufgegeben. Wahrscheinlich wollte sie einfach bei ihrem neuen Freund Eberhard keinen Unterricht mehr nehmen.
»Wollt ihr beiden mit mir fahren?«
Jahn schaute schon wieder so komisch an Eberhard vorbei. Moni nickte schnell.
Eberhard sagte: »Ich will noch ein Match mit David spielen.« Schon waren die beiden verschwunden, fix, wie das ging.
»Schleicht euch«, murmelte Eberhard hinter ihnen her.
»Mann«, sagte David zu ihm, »warum so finster?«
Nächste Woche fahre er endlich in den Urlaub, nach England.
»Ingländ«, sagte der Engländer mit seinem ausgeprägten Akzent.
»Grüß mir Mister Fish und Missis Chips. Und vergiß nicht, euren schönen englischen Tennisrasen zu bepissen.«
David brachte ihn wieder in gute Laune, schlug ihm auf die Schulter und verschwand im Umkleideraum. Heute wollte er kein Match mehr machen, wirklich nicht. Eberhard wußte

endlich, wo er den Abend verbringen würde: zunächst in der »Glocke« in der Isestraße: Danach würde er noch im »Jostie« nach den Eppendorfer Edel-Schlampen schauen.
Als er spät in der Nacht nach Hause kam mit schmerzenden Beinen vom Tennis und vom langen Stehen an den Theken, fand er unter seiner Wohnungstür einen Zettel mit Gekritzel: »Waren gegen elf Uhr hier, um Dich auf einen Schluck mitzunehmen. Schade! Moni und Jahn.« Viele Ausrufezeichen. Darunter hatte sie noch einen Lippenstiftkuß gedrückt, die Schlange. Den Zettel heftete sich Eberhard an die Seitenwand seines Regals.

Obwohl er weniger Tennis spielte als je zuvor, hatte sich Eberhard eine Entzündung im rechten Ellenbogen zugezogen. Jeder feste Griff schmerzte. Kein Tennisarm, beruhigte ihn der Masseur des Hauses, nur eine leichte Nervenreizung. Weil er wohl nur noch unregelmäßig spiele, meinte der Masseur im »Magazin«. Ja, auch so etwas hatten sie hier im Verlag: Schwimmbad, Sauna und einen fest angestellten Masseur.
»Also scheint mein Arm geradezu nach Tennis zu verlangen,« grinste Eberhard.
Er rief sogleich bei Moni im NDR an und verabredete sich streng mit ihr, sozusagen von Lehrer zu Schülerin, für morgen nachmittag auf dem Platz.
»Das Wetter bleibt schön.«
Schließlich hatte es seit einer Woche nicht geregnet, die Luft war warm, und das Hoch würde noch eine Weile stabil blei-

ben. Außerdem wollte er sie über den Abend mit Jahn ausfragen. In jenem Augenblick, als sich seine Stimmung zu verschlechtern begann, rief Jahn Eberhard zu sich hinauf.
»Kannste mal nach oben kommen!«
Zack, aufgelegt. Keine Frage. Ein Befehl. Der Kammerdiener-Artikel? Gab's doch noch Ärger?
Eberhard urinierte noch einmal, wusch sich die Hände und strich sich die Locken glatt. Dann steckte er sich eine neue Marlboro an und fuhr hinauf in Jahns Eremitage. Ein wenig Unterbrechung kam ihm ganz gelegen, da er gerade das Archiv nach Artikeln über Degenhardt, Franz-Josef, durchwühlte. Seit zwei Wochen stand der Name Degenhardt auf der Ankündigungsliste seines Ressorts.
»Wird Zeit, daß ich damit endlich zu Potte komme!«
Freundlich blies Eberhard Jahns Sekretärin den Rauch ins Gesicht, drückte, ehe er dessen Büro betrat, die Zigarette in dem riesigen Marmoraschenbecher aus, der im Vorzimmer stand.
»Sie wissen ja, wo es langgeht«, sagte sie mit einem langem Blick auf Eberhards ausgelatschte Schuhe.
Immer noch nickend, trat er vor seinen Herrn. Jahn saß prächtig gelaunt hinter seinem Schreibtisch. Die Beine ruhten auf der Schreibtischplatte, mit der rechten Hand ließ er immerzu einen gelben Tennisball Richtung Decke hüpfen. Dann warf er Eberhard den Ball zu.
»Hättet ihr Lust, einen preiswerten Urlaub zu verbringen? Du und Moni? Wir drei zusammen, sozusagen?«

Eberhard knetete überrascht den kleinen Ball.

»Mein Haus auf der Insel steht bereit. Überlegt euch das mal, mein Angebot. Ich würde gern in zwei Wochen fahren.«

Kein Wort zum Artikel, kein Ton über den Abend, den er zusammen mit Moni verbracht hatte.

»Ich brauch' dich als Tennislehrer«, sagte Jahn noch wie zum Abschied.

Dann nahm er die Beine wieder vom Schreibtisch, die Brille von der Nase und beugte sich tief, wie es seine Art war, über die Fahne eines Artikels. Vielleicht seines eigenen Leitartikels.

Eberhard sagte nur verlegen: »Tschüß, denn!« und: »Ich rufe Sie dann an!« und verschwand so schnell, wie er gekommen war.

Nur die Sekretärin schaute dem eiligen Redakteur noch nach. In der Hand hielt er immer noch den Tennisball, der Kauz. Er fuhr bis zum siebten Stock, stieg dort aber nicht aus, sondern glitt weiter abwärts, beschloß, einen kleinen Gang zu Tschibo am Rathausmarkt zu machen. Da konnte man so schön im Stehen die Passantinnen beobachten. Wie die der Wind zerzauste und vor sich hertrieb.

6.

Was für ein karges Stück Land die Insel war! Wie von Ocker bestäubt. Neugierig und ein wenig erregt schaute Eberhard aus dem kleinen ovalen Fenster des Flugzeugs auf sie hinunter. Längst war die Maschine, eine Boeing der Hapag-Lloyd, in den Gleitflug übergegangen, jetzt sank sie langsam und ruhig auf dieses trockene Stückchen Erde zu, auf dem sich Straßen herausbildeten, braune Fäden, auf denen winzige Fahrzeuge lange Staubfahnen hinter sich herzogen. Kein Grün, kein Blau, nichts, was Wasser vermuten ließ. Seit drei Monaten, hatte Jahn den beiden Mitfliegern Eberhard und Moni berichtet, habe es auf der Insel nicht mehr geregnet.
»Das sollten wir mal in Hamburg haben!«
Aber Jahn hatte ja seine Insel. Von Hamburg waren sie erst vor zwei Stunden abgeflogen, der Sonne entgegen, wie Moni gealbert hatte. Um für sich den Sommer einzuholen, der bis auf ein paar heiße Tage Hamburg wieder einmal verschmäht hatte. Wie hatte Jahn das nur wieder hingekriegt, sie beide zu diesem Urlaub auf der Insel zu überreden? Letztlich hatte es Moni für sie beschlossen. Warum nicht? Im »Magazin« gab es eine Reihe Kollegen, die bereits gemeinsam mit Jahn

einen Urlaub in irgendeiner seiner Villen verbracht hatten. Wendig zum Beispiel. Und keinem der Teilnehmer hatte es bisher zum Nachteil gereicht, na ja. Als ob sie denselben Gedanken hätten, grinsten sich Eberhard und Jahn an, während die Maschine auf dem belebten Flughafen der Inselhauptstadt aufsetzte, rums. Oder waren sie nur erleichtert, daß der Flug zu Ende war?

Die vergangenen zwei Wochen hatten sie sich kaum gesehen, der »Magazin«-Herausgeber und sein Redakteur. Inzwischen war Eberhards Artikel über Degenhardt erschienen, ein filigranes, gehässiges Stück Enthüllungsjournalismus.

»Weiter so«, hatte Jahn ihn lakonisch ermuntert.

Draußen vibrierte die Hitze im hellen Sonnenlicht. Jahn hatte den Verwalter seines Hauses mit dem Auto zum Flughafen bestellt. Gepflegt, was will man mehr.

Im Flugzeug hatte Jahn eben noch ein schnelles Bier gekippt, und stank Eberhard jetzt an: »Mensch, hilf doch dem Mann ein bißchen beim Einladen!«

Auf diese burschikose Weise, dachte Eberhard, werden wir die nächsten Wochen per du sein.

Im Schatten eines Pavillons warteten sie dann am Hafen auf die Fähre, die sie auf die kleine Nachbarinsel bringen würde. Jahn gab eine Runde Perrier aus und nörgelte, daß man nicht an Bord könne, obwohl das Schiff bereits vertäut am Kai lag. Leon, sein Fahrer und Hausmeister, hatte den Kofferraum des Autos mit Wasserbehältern vollgepackt. Denn auf der Insel, auf die sie bald übersetzen würden, gab es kein Trinkwasser. Nur die wenigen Hotels an der Nordküste hatten ihre eigenen Brunnen gebohrt. Der Rest der auf der kleinen Insel lebenden oder Urlaub machenden Menschheit mußte sich Trinkwasser im Laden kaufen. Wasch-, Dusch- und Badewasser wurde während der Regenzeit in gemauerten Zisternen gesammelt und den ganzen Sommer über aufbewahrt. Aus diesen Zisternen wurde es in Behälter auf die Dächer der Häuser gepumpt, von wo aus es in dünnem Rinnsal durch die Wasserhähne und Duschen floß.

»Niedlich«, sagte Moni.

»Zivilisationsflucht«, meinte Eberhard.

Hier erfuhr man jedenfalls hautnah, wie kostbar Wasser sein kann. Die Hitze leckte jede Pfütze sofort auf. Um die Mittagszeit war es so unerträglich, daß man keinen Menschen auf den Straßen sah, keinen Eingeborenen jedenfalls. Ehe sie das Schiff bestiegen, gab Leon Strohhüte aus. Es war, als watete man durch eine Sauna. Kein Lüftchen ließ Hemden pludern, kein Wölkchen verdunkelte auch nur für ein Blinzeln die brennende Kugel im Zenit. Geradezu eine dröhnende Hitze.

»Wie soll man nur bei dieser Affenhitze Tennis spielen?« fragte Eberhard seinen Chef.

Der grinste wegwerfend: »Abends, wenn die Sonne verschwunden ist.«

Moni fing an, den Oldie zu pfeifen. »Wenn bei Capri die rote Sonne im Meer versinkt ...« So lustig waren sie heute beieinander. Tagsüber, meinte Jahn, könne man sich ja im Haus oder am Swimmingpool aufhalten. Aha, ein Pool. Moni warf Eberhard einen beredten Blick zu.

Nachdem sie endlich auf Jahns Eiland angekommen waren, fuhr Leon sie durch einen abweisend wirkenden, winzigen Ort. Verschlossene Türen, verdunkelte Fenster, kein Mensch, kein Tier zu sehen. Die Route führte weiter über verdorrte Felder, ab und an sah man Gärten mit verkrüppeltem Wein und immer wieder graues, staubiges Gras. Der Wagen rumpelte durch harte Hohlwege, die nur im ersten Gang befahrbar waren. Der Staub! Erdbrocken, von der Hitze und der Trockenheit gehärtet wie Steine, knallten von unten gegen das Blech. Das Auto, ein alter Citroën DS, schlingerte auf ein Anwesen zu, das ganz allein auf weiter Flur stand.
»Mein Häuschen«, sagte Jahn.
Hinter einer hohen Mauer aus Backsteinen, die schachbrettartig geschichtet waren, ein Stein, ein Loch, ein Stein, netzartig, im maurischen Stil, war eine einstöckige Villa zu erkennen. Ganz und gar aus mit Mörtel verbundenen Feldsteinen erbaut, wirkte sie angenehm schlicht. Ein flaches, mit hellroten Ziegeln gedecktes Dach vermittelte Geborgenheit. Die schmalen Fenster waren von weißem Kalkstein gerahmt, die oberen zudem mit blauen Fensterläden verschlossen. Auch die Haustür war in diesem leuchtenden Blau, das Eberhard bereits an fast jedem Haus im Dorf gesehen hatte. »Mein Inselblau«, nannte er es fortan für sich. Leon fuhr flott durch das weit geöffnete schmiedeeiserne Tor und einen kreisför-

mig angelegten Weg entlang bis vor die Haustür. Jahn zeigte den beiden zunächst einmal seinen Besitz. Hinter dem Haus befand sich der Swimmingpool, durch ein paar dichte Bambusmatten, die die innere Mauer bedeckten, vor Blicken geschützt. Eine Meerwasserentsalzungsanlage sorgte für halbwegs weiches Wasser. Seine Tage am Pool konnte man unter einem riesigen Sonnendach, ebenfalls aus Bambusstroh, verbringen.

»Niemals in der prallen Sonne liegen!« ermahnte Jahn die beiden.

Neulich erst war in seinem »Magazin« eine Titelgeschichte über das hohe Krebsrisiko unter südlicher Sonne erschienen. Hinten an der Mauer stand eine Reihe seltsamer, dickblättriger Bäume. Wie Riesenpilze hockten sie da, umgeben von verdorrten, merkwürdigen Früchten.

»Johannisbrotbäume«, nannte Jahn sie. «Habt ihr wohl noch nie gesehen, wie?«

»Nö«, strahlte ihn Moni an, und ihr Haar funkelte in der Sonne.

Im Haus hörte man Leon auspacken, Geschirr klappern – Kochvorbereitungen.

»Keine Angst«, erklärte Jahn. »Leon sieht nur ab und zu nach dem Rechten. Er wohnt mit seiner Familie unten im Dorf. Die nächsten Wochen werden wir hier ziemlich allein sein. Ich schwör's euch!«

Die nächste Behausung, ein gewöhnlicher Bauernhof, lag

einen halben Kilometer weit entfernt. Auf der Straße, die zur Villa führte, kämen nur gelegentlich ein paar Autos vorbei und die knatternden Mopeds der Bauern. Auch ein paar Urlauber, Franzosen, die in den anderen verlassenen Höfen wohnten. Sonst lebte keine Seele mehr hier. Nur noch Katzen, Salamander und kleines, buschiges Viehzeug, dessen Name Jahn leider entfallen war.

Schweigend betraten die drei das Haus. Im Inneren herrschte überraschende Kühle und eine Finsternis, so daß man zunächst nichts unterscheiden konnte. Von der Küche kam Leon herein und ließ eine Tür offen. So fiel etwas Licht in das Entree.

»Fenster erst nach Tag aufmachen«, sagte er zu Eberhard. »Dann bleibt kühl.«

Eberhard nickte. Vor ihm tat sich ein rechtwinkliger Raum auf. Er war mit gebrannten Fliesen ausgelegt, die Balken an der Decke waren mit Ölfarbe geschwärzt. In der Mitte stand ein riesiger, roh gezimmerter Tisch, dessen helle Holzplatte frisch mit Sand poliert worden war. Platz für ein halbes Dutzend Esser. Leon hatte ihn bereits mit irdenem Geschirr gedeckt. Vom mittleren, dicksten Balken hing eine rußig aussehende, mächtige elektrische Lampe. Unter dem Fenster, rechts an der Wand, war eine lange Bar installiert. In der linken Ecke des Raums stand ein steinerner Kamin, um den herum eine Ledergarnitur arrangiert war. Über dem Kamin hing eine Schwarzweißfotografie des »Magazin«-Hochhauses. Hart kopiert, wirkte sie wie eine Graphik. Auf diesem Foto nahm

Eberhard zum erstenmal dessen ulkige Architektur wahr: eine Art Schiff, gekrönt von einer an eine Schiffsbrücke erinnernden dreizehnten Etage. Jahns Kommandobrücke.
»Ein Scherz, das Foto,« meinte Jahn ironisch. »Wenn es euch, Herr Redakteur , stört, wird Leon es abhängen.«
Eberhard zuckte die Schultern, wandte sich nur geradeaus, wo Leon hergekommen war, und trat in eine kleine Küche. Ebenfalls gefliest. Über einem Gasherd hingen eine Reihe unterschiedlicher Kupfertöpfe und Pfannen. Von der Decke baumelte, an Schnüren aufgehängt, ein Regal mit Gläsern und Tüten, Mehl, Nudeln, Reis, getrockneten Hülsenfrüchten, Marmelade, Zucker, Salz und anderen Gewürzen. Konserven, Tee, Kaffee.
»Gegen Mäuse«, erklärte ihm Leon die schwingende Konstruktion.
Auch der Kühlschrank wurde mit Gas betrieben, Leon hatte ihn mit Wein- und Champagnerflaschen aufgefüllt. In dem Spalt zwischen Herd und Kühlschrank stand Perrier-Wasser und das gewöhnliche Trinkwasser. Bier sei im Keller. Aus dieser Küche trat man auf eine kleine Terrasse, auf der man, wenn die Sonne am Morgen noch nicht über das Dach gekrochen war, frühstücken würde.
Leon hatte inzwischen das Gepäck der Hausgäste so in den oberen Räumen verteilt, daß die beiden Neulinge wußten, wo sie wohnen würden. Jahn residierte im Zimmer am Ende des Flurs, dazwischen lag eine Art Arbeitszimmer mit einer Couch.

Niemandsland? Pufferzone? fragte sich Eberhard. Er und Moni sollten das Zimmer gleich hinter der steilen Treppe beziehen.

»Also Vorsicht beim Zubettgehen!« alberte Jahn und: »In einer Stunde gibt's Essen.«

Erschöpft ließ sich Eberhard auf dem breiten Bett nieder und nahm Moni in den Arm. Das Gepäck konnten sie später noch auspacken. Das Tenniszeug blieb sowieso zunächst noch in der Tasche angesichts der Temperaturen.

»Glücklich? Freust du dich?«

Ein wenig bange war ihm ja. Doch Moni strahlte soviel Freude aus, daß diese Frage eher ihm selbst gegolten hatte. Zum zweitenmal an diesem Tag hatte er seine Zweifel über den Fortgang ihrer Ménage à trois.

»Das Haus! Toll! Findest du nicht?«

Moni hatte ihn umschlungen und flüsterte ihm ins Ohr. Eberhard stellte die Fensterläden schräg, um ein wenig Licht in den dämmrigen Raum zu lassen. Die Wände waren einfach mit weißer Gipsfarbe gestrichen. Das hohe Fenster gab den Blick auf die kleine Allee frei, die auf den Hauseingang zulief. An einer der Seitenwände, unter einem kleinen flachen Fenster, stand das Bett, ein Metallbett.

»Wie aus ›Die Katze auf dem heißen Blechdach‹«, lachte Moni.

Gegenüber stand lediglich noch eine niedrige Kommode, daneben waren verschiedene Haken in die Wand eingelassen, an denen man den Rest seiner Klamotten aufhängen konnte, darüber ein helles Regal, auf dem ein paar staubige, zerfledderte Taschenbücher lagen. Genre: Marie-Louise Fischer und Utta Danella.

»Lesefutter für die Geschiedenen«, meinte Eberhard.

Hatte Jahn nicht auf dem Flug von einem reichhaltigen Bücherschrank gesprochen? Aber sie hatten ja noch lange nicht alles gesehen. Eberhard zog sich sein Polohemd aus und wusch sich Gesicht und Oberkörper über einem kleinen Porzellanwaschbecken, das in der Ecke hinter der Tür angebracht war. Praktisch, so mußte man nicht wegen jedem Händewaschen gegenüber ins Bad latschen. Dann warf er sich aufs Bett, die Hände hinter dem Lockenkopf gefaltet, und schaute Moni bei der Toilette zu.

Meine Moni, auf die mein Chef so scharf ist, dachte er.

»Was grinst du, blöder Kerl?«

Moni musterte ihn im Spiegel über dem Waschbecken. Aber in der seligen Mattheit dieser drückenden Hitze konnte ihn jetzt nichts mehr verdrießen.

»Jahn pfeift! Laß uns zum Essen runtergehen!«

Arm in Arm kamen die beiden die steile Treppe hinuntergehüpft, was ihnen einen spöttischen Blick des Gastgebers eintrug.

»Nachher ziehe ich mich gleich zurück« meinte Jahn. »Ihr könnt ja noch ein wenig die Gegend erkunden.«

Dem mit der Suppenschüssel eintretenden Leon prostete Jahn freundschaftlich zu.

»Dank Leon haben wir alles schön kühl in diesem heißen

Landstrich. Aber«, wandte er sich an die beiden, »tut mir einen Gefallen, und stöhnt nicht andauernd über die Hitze!«
»Fischsuppe. Selbstgemacht.«
Leon strahlte die drei blassen Norddeutschen an und begann, seine sämige, knofelige Suppe auszuteilen. Mit einemmal war es draußen dunkel geworden. Gleich nach dem Essen ging Jahn mit einer Flasche Wein nach oben, Leon klapperte noch ein wenig in der Küche herum, bald darauf hörte man, wie er mit seinem Citroën den Kiesweg der Einfahrt entlangfuhr und dann das Tor verschloß. Erst in weiter Ferne verklang das Geräusch des Wagens. Dann lag Stille über dem Land. Eberhard drängte es nach draußen, in die dumpfe Schwärze, um sich von den flirrenden Eindrücken des Tages zu erholen. In den Büschen zirpten noch Zikaden. Wie ein Blinder tappte er auf dem weiten Grundstück umher, gab das Unterfangen bald auf, weil er immer wieder an irgendwelche Hindernisse stieß, an Steinhaufen oder Geräte. Von Horizont zu Horizont wölbte sich der Sternenhimmel. Auch Moni war inzwischen nach oben gegangen, eben hatte sie unten alle Lichter gelöscht. Von hier draußen wirkten die beiden erleuchteten Räume im ersten Stock, die lediglich durch das dunkle Fenster in der Mitte getrennt waren, romantisch wie aus einem italienischen Film.

Von der kleinen Terrasse hinter der Küche hörte Eberhard Moni mit Jahn streiten. Spöttisch, neckisch streiten.
Ein Tick zu hoch, die Tonlage, dachte er. Eifersüchtig?

Es ging ums Kochen. Moni wollte Bœuf bourguignon machen, das Fleisch in Rotwein legen.
Jahn meinte daraufhin: »Wie deutschen Sauerbraten, woll.«
Der Rotwein, meinte er, sei nur zum Ablöschen des Bratens.
Moni war drauf und dran, Jahn das Gemüse vor die Füße zu werfen. Eberhard konnte sich bei dem Gezänk, verdammt, nicht auf sein Buch konzentrieren. Jetzt hörte er, wie Moni Jahn kindlich erklärte, wie das Gemüse zu putzen sei.
»Habt ihr eigentlich keinen Lorbeer im Garten?«
Lorbeerblätter wurden in den Rotweinsud hineingerubbelt, zerstampfter schwarzer Pfeffer, ganze Pfefferkörner und Gewürznelken hinzugegeben. Ein wenig Rosmarin.
»Hilf mir mal, das Fleisch kleiner zu schneiden! Jahn!«
»Ich werd' dir helfen!«
Haha. Pünktchen.
Ich tue so, als sei ich unsichtbar, dachte Eberhard.
Das Getuschel in der Küche wurde leiser, Eberhard hörte Moni zischen:
»Laß das!«
Als Vorspeise hatte sie sich frische Heringe gewünscht, gegrillt. Jahn hatte sie erst heute Morgen aus dem Dorf mitgebracht.
»Die Köppe«, sagte Moni, »lassen wir dran. Das sieht zünftiger aus.«
»Köppe« hatte sie von Jahn.
Das ist holsteinisch, dachte Eberhard. Wie ermüdend es ist, dem Geplänkel in der Küche zu lauschen.

Eberhard mußte doch tatsächlich gähnen, das Geschwätz in der Küche entzog sich immer mehr seinem Bewußtsein. Komisch: Plötzlich stand ein verschwommenes, verblichenes Bild vor seinem Auge. Ein Dorf im Norden, Felder, Wiesen, ein kleines Haus. Die Familie war aus der Großstadt aufs Land geschickt worden, warum, wußte er nicht mehr zu sagen. Fünfziger Jahre, alles grau, braun. Hohe Schuhe, kurze Hosen, die bis zum Knie reichten. Ein kleiner Junge, der durch das dunkle Haus schleicht. Oma und Opa und Mutter waren aufs Feld gefahren. Nur Vater war immer zu Hause. Ach ja, er war im Krieg Beamter beim Gericht gewesen. Jetzt brauchte man ihn nicht mehr. Gab es denn keine Beamten und keine Gerichte mehr? Im Haus war auch noch ein Mädchen, ein junges Ding, haarig, stark riechend, erinnerte sich Eberhard. Wie hieß die nur? Sie und Vater schmissen den Haushalt, tuschelten immer zusammen in der Küche. Statt sein Mittagsschläfchen zu halten, starrte der kleine Eberhard oft, im Bett liegend, an die Decke und die Wände und sah den Tapeten Figuren entsteigen, Szenen sich auf den Wänden entwickeln und legte die Worte und Satzfetzen, die er von draußen hörte, diesen Fantasiegestalten in den Mund. Manchmal verließ er erschreckt sein Bett, um die stille Wohnung zu durchkämmen. In der Speisekammer duftete es nach Dauerwurst. Einmal trat er unvermittelt in die danebenliegende Küche und fand Vater auf einem Stuhl, das Mädchen vor sich auf den Knien. Der Geruch vom Mittagessen lag noch in der Luft. Vater schimpfte ihn erschreckt hinaus. Das Mädchen vermied fortan jede Begegnung mit Eberhard. Hatte er etwas Verbotenes getan? Oder hatte er etwas Verbotenem beigewohnt? Das war ihm damals nicht richtig klar geworden.

Eberhard grinste jetzt, bei diesen undeutlichen Erinnerungen im Halbschlaf. Dann rappelte er sich auf. In der Küche hinter ihm war es ruhig geworden, unheimlich ruhig. Auch die Stille ging ihm auf die Nerven. Sei doch nicht so kleinlich. Die Sonne warf bereits lange Schatten. Jahn und Moni waren längst mit ihren Vorbereitungen für das dämliche Bœuf bourguignon fertig. Das Buch, in dem er vergebens versucht hatte zu lesen, lag mit dem Rücken nach oben auf dem Steinfußboden. Hatte keinen Sinn! Vielleicht war es einfach auch nur Scheiße. Als Jahn und Moni auf den beiden Fahrrädern vom Strand zurückkamen, mit den Fahrradklingeln wie zwei kleine Kinder lärmend, hatte Moni Jahns Strohhut auf dem Kopf. »Kopp« würde Jahn sagen. Stand ihr gut, das Ding auf dem blonden Haar. Modell Panama.

»Den geb' ich nicht mehr her«, meinte sie nur, als sie vom Fahrrad stieg.

»Deinen Hut.«

Jahn warf seinem in der Hitze dösenden Redakteur nur einen langen, forschenden Blick zu.

Die Zeit spielte keine Rolle mehr. Sie floß einfach dahin. Man orientierte sich am Stand der Sonne und den damit einhergehenden Veränderungen der Temperatur, ihrem Steigen

und gemächlichen Sinken. Nicht einmal das Telefon, das in Jahns Zimmer stand, hatte in den acht Tagen, die sie bereits auf der Insel verbracht hatten, geläutet. Wahrscheinlich war es gar nicht angeschlossen. Hamburg? Lag auf einmal unvorstellbar weit, jenseits der Hitze, jenseits der Insel, jenseits des Meeres, hinter den Bergen und Tälern, Flüssen und Wäldern, man wußte gar nicht mehr so genau, wo. In diesen acht Tagen hatte Eberhard eine tiefbraune Farbe angenommen, jedenfalls da, wo Polohemd und Tennishose die Haut unbedeckt ließen. Seltsam, wie unmerklich die Zeit verging. Tagsüber war man zu matt, um etwas zu unternehmen. Abends, wenn die Hitze endlich von der Terrasse gewichen war, verspürte Eberhard zwar anfangs Lust, in Zeitungen oder Zeitschriften zu blättern, doch von Tag zu Tag nahm ihn die Faulheit mehr gefangen. »Meine insulare Trägheit« nannte er dieses Dahindämmern. Einfach in die Schatten starren. Nicht einmal einen Tennisplatz hatte er in diesen Tagen ausfindig machen können. Nur gelegentlich noch dachte er in seinem Dämmerzustand an den schattigen roten Platz daheim am Winterhuder Hofweg. Wind vermochte er sich gar nicht mehr vorzustellen. Moni hatte die Tage vor allem unter einem großen Sonnenschirm am Swimmingpool verbracht.
»Nächste Woche werden wir die Insel auskundschaften!« verkündete sie standhaft jeden Morgen, ehe sie sich mit einem Buch auf ihrer Liege niederließ. Ja, ja. Oben hörte man Jahn auf einer mechanischen Schreibmaschine klappern. Dann zeigte Moni dem unsichtbaren Schreiber re-

spektlos den Vogel. Heute abend würde Leon wieder einmal kommen, Lebensmittel bringen und ein wenig saubermachen.
»Ich schwing' mich mal aufs Rad und mache eine Inseltour!«

Eben kam Leon mit dem staubigen Citroën die Einfahrt entlanggeknirscht. Eberhard winkte dem Spanier mit seinem Hut zu und radelte hinaus auf die verdörrten Felder, die untergehende Sonne im Rücken. Um die wenigen Olivenbäume hatten sich Schafe und Ziegen gelagert. Sein Schatten mit den sich kurios auf und ab bewegenden Beinen eilte lang und schmal vor ihm her. Der Fahrtwind fuhr ihm erfrischend unter das lose aus der Hose hängende Hemd. Mal sehen, was jetzt noch am Strand los war. In Gedanken sah er sich ein Mitternachtsbad nehmen, dabei war es noch früh am Abend. Er warf sein Fahrrad in den heißen Sand, zog sich Hemd und Hose aus und rannte nackt in die lauwarmen Fluten, wie es hier viele taten. Am Strand hatten ein paar Halbwüchsige ein Feuer entfacht, an dem sie Fisch brieten. Nach ein paar Zügen spürte Eberhard keinen Grund mehr unter den Füßen und schwamm kraftvoll hinaus aufs Meer, wo ein paar Boote vor Anker lagen, Partyschipper. Von Bord hörte man Gelächter und Musik und Gläserklirren.
Später wird da draußen noch tüchtig gevögelt werden, dachte er.
Als er zurück in die seichte Bucht schwamm, sah er hinter

einem Felsen ein Pärchen knutschen, völlig nackt, gänzlich ungeniert.

»Kannst du nicht einmal etwas anderes denken, Kerl?« nuschelte er in seinen Bart.

Er machte kehrt und schwamm noch einmal hinaus. Nachdem er sich abgeregt hatte, trat er zu seinem Fahrrad, zog sich hastig Hemd und Hose über die nasse Haut, schwang sich darauf, um die Villa anzusteuern. Bis auf Jahns Zimmer lag alles im Dunkeln. Leon war bereits wieder weggefahren. Wo steckte Moni? War er so lange unterwegs gewesen? Als er ins Haus trat, hörte er jemanden flink die Treppe hinuntertippeln, barfuß, um keinen Lärm zu machen. Moni. Sie empfing ihn ausgelassen und ein wenig zerzaust und drückte ihm einen Champagnerkuß auf die Wange.

»Vom Feinsten. Dom Perignon«, hauchte sie.

Dann, vorwurfsvoll: »Wo hast du denn die ganze Zeit gesteckt?«

Leon hatte viele Leckerbissen aus dem Dorf mitgebracht und dann hatten die drei zusammen getafelt: kaltes Kaninchen, Sülze, Rindfleischscheiben, getrocknet, Käse, Pudding. Und Wein natürlich, viel kühlen Weißwein. Dann Champagner. Jahn hätte den ganzen Tag geschrieben, erklärte sie noch. Als ob ihn das interessierte. Eberhard holte sich ein Bier aus dem Keller und verschlang den Rest von dem, was die drei übriggelassen hatten. Dazu Nüsse und Oliven. Und noch ein Bierchen. Und noch eins.

Dann zog er Moni auf seinen Schoß und betatschte sie; zog

ihr den Slip aus und das dünne Kleidchen hoch. Setzte sie auf den großen Tisch, bog sie nach hinten.
»Komm«, flüsterte sie, »ich bin so naß, ich lauf' schon aus.«

Ganz langsam war die Hitze ins Innere des Hauses gedrungen.
»Zwei Wochen wird es angenehm bleiben«, hatte Jahn anfangs gesagt, »vorausgesetzt, man hält Fenster und Türen schön geschlossen.«
Inzwischen stand das Thermometer in der Küche, in die die Sonne erst am Nachmittag fiel, auf fünfundzwanzig Grad. In der Eingangshalle mochte es heute noch weiter klettern. Seit Monaten brannte diese rote Sonne auf die Insel, unausweichlich.
Als Jahn und Moni zum Strand geradelt waren, machte sich Eberhard daran, das Parterre des Hauses mit Wasser zu überfluten. So naß, daß die Feuchtigkeit in die porösen Fliesen dringen konnte, damit durch die Verdunstung ein wenig Kühlung entstand. Physik! Jahn hatte ihm diesen Trick erst beibringen müssen. Drei bis vier Grad konnte man auf diese Weise das Thermometer absenken, ehe dann, am Abend, das Quecksilber wiederum bei achtundzwanzig Strichen stand. Eberhard bückte sich mit dem Rücken zur Eingangstür, um den Feudel, mit dem er das kalte Wasser auf dem Boden verteilt hatte, auszudrücken, als die Türe aufgestoßen wurde und ein langer Schatten den plötzlichen Lichteinfall wieder verdunkelte. Gegen das Licht gesehen war die Per-

son, die auf so rabiate Weise in die Villa drang, nicht zu erkennen.

Eine Furie! durchzuckte es Eberhard, als er das lockige rote Haar bemerkte. Neben sich hatte sie einen Koffer und eine Reisetasche fallen lassen, dann schob sie sich das Haar aus der Stirn und wischte sich mit pathetischer Geste den Schweiß aus dem Gesicht.

»Bin ich hier richtig bei Jahn? Dem berühmt-berüchtigten ›Magazin‹-Herausgeber«, fügte sie noch sarkastisch hinzu, als ob sie den Satz einstudiert hätte.

»Ich heiße Anke Jahn-Faerber und kenne den Herrn. Genauer gesagt, ich bin sein Ex-Eheweib.«

Eberhard warf zunächst den Feudel in den Eimer, wischte sich die Hände an der Hose trocken und stellte sich ebenso ironisch vor: »Eberhard Schütz. Ich bin ›Magazin‹-Redakteur und derzeit Urlauber auf dem Anwesen. Mein kleiner Chef ist mit meiner Freundin gerade beim Schwimmen. Im Meer«, fügte er noch hinzu, als er Anke nach hinten deuten sah.

»Kann ich Ihnen etwas anbieten?«

Statt einer Antwort ging Anke, mit den Örtlichkeiten offensichtlich vertraut, an ihm vorbei und die Treppe hinauf, links den Louis-Vuitton-Koffer in der Hand, rechts den Reisesack über der Schulter, und steuerte auf das in der Mitte des Flurs liegende Zimmer zu.

Arschloch, dachte Eberhard. Jahn hätte ja einen Ton sagen können, daß noch ein Gast kommt.

»Ich lege mich an den Pool!« rief er Anke noch nach.
Die konnte ihn jedoch nicht mehr hören, so laut knallte sie die Tür hinter sich zu; warf ihre Sachen aufs Bett, riß die Schranktüren auf und schmiß sie wieder zu. Er döste wohl schon eine ganze Weile vor sich hin, als sich Anke im schwarzen Badeanzug zu ihm gesellte.
Gepflegte Erscheinung, Anfang Vierzig, gute Figur, edle Klamotten, bester Geschmack, urteilte er bei ihrem Anblick und entblößte seine langen Zähne. Anke hatte einen Hauch Parfum mit nach unten gebracht. Ihr glühendes Haar hatte sie mit einem türkisfarbenen Tuch gebändigt. Sie beugte sich tief über Eberhards Rücken, um einen Schluck von dem Wasser zu nehmen, das in dem Sektkühler neben seiner Liege schwappte. Leichte angenehme Berührung. Dann trat sie an den Swimmingpool und sprang ins Wasser. Tauchte darin weg wie eine Echse, machte in dem blauen Naß ein paar kräftige Züge, ehe sie, fast am Ende des Zwölfmeter-Beckens, prustend wieder auftauchte.
»Bravo! Hochachtung!« rief Eberhard ihr zu.
Sie schüttelte das Haar aus wie ein Tier.
Eberhard stellte sich breitbeinig an den Beckenrand, bückte sich, um ihr wieder aus dem Wasser zu helfen. Dabei ergriff er fest ihre nasse, kühle Hand und sah in ein sexy Dekolleté, Sommersprossen auf weißer Haut. Sie schnellte aus dem Becken, trat nah an Eberhard heran, machte ihn naß und tippte mit dem Zeigefinger auf ein braunes Mal am Hals.
»Frisch verliebt, wie?«

Dabei zog sie das Tuch aus dem Haar und schüttelte noch einmal ihren prächtigen Schopf.
»Du kannst wohl nicht schwimmen?«
»Nö«, sagte Eberhard.
Er schätze eher sandigen Boden, den ein Netz in der Mitte trennt. Genau zweiundneunzig Zentimeter hoch.
»Ich bin hier Jahns Tennislehrer.«
Anke schaute spöttisch, ließ sich dann schwer auf seine Liege fallen, immer noch naß wie ein Fischotter, und schmökerte in dem Buch, das er sich heute morgen aus Jahns Bücherschrank geholt hatte.
Laut las sie ihm daraus vor: »Die Reporter bleiben im Büro, recherchieren mit dem Telefon und lassen sich von den Angestellten im Archiv Unterlagen hervorwühlen: Ist begreiflich, daß sie selten guter Laune sind.«
Anke brach in schallendes Gelächter aus.
»Wie bei euch. Ich weiß Bescheid.«
Sie gefiel ihm. Wie sie so ungehemmt brüllte und sich so ungeniert auf seiner Liege breitmachte; wie sie von allem nahm, was in ihrer Reichweite stand; wie sie über das »Magazin« und seinen Herausgeber gesprochen hatte. Anke war vier Jahre lang mit Jahn verheiratet und außerdem Redakteurin in seinem »Magazin« gewesen. Sie lag jetzt rücklings auf der Liege, einen Arm als Sonnenschutz über die Augen gelegt, die Beine leicht gespreizt. Eberhard hatte sich von drinnen ein kühles Bier geholt, sich dann auf einem Handtuch auf dem Boden neben ihr niedergelassen, die Arme um die Beine

geschlungen, das Kinn auf die Knie gelegt und lauschte nun ihrem munteren Geplapper. In der Hose spürte er den Lümmel sich regen.

Der verliebt sich schnell, grinste er in sich hinein. Dann dösten die beiden einvernehmlich vor sich hin.

Unvermittelt sprang Eberhard auf, sagte, er sei hundemüde, und zog sich in sein dunkles Zimmer zurück. Im Bett ausgestreckt, fiel er sofort in einen unruhigen Schlaf. In einem wirren Traum nahm er an einer Fete teil, irgendwo in einem heißen, hellen Land. Von weit weg nahm er Gelächter wahr, Schreie, Gläserklirren, Wasserspritzen. Eberhard lag inmitten blinder Schwärze und suchte sich zurechtzufinden.

Kein Traum mehr. Der Lärm kam von unten, von der kleinen Terrasse vor dem Haus.

Ich bin hier auf der Insel in Jahns Haus! Jahn war eben erst noch mit Moni am Strand. Und heute nachmittag ist ein neuer Gast eingetroffen, Anke. Eine von Jahns Exfrauen, rief sich Eberhard nun langsam ins Gedächtnis zurück.

Er schwang sich matt aus dem Bett, wackelte ans Fenster, um die Läden aufzustoßen. Aber statt blendender Helligkeit drang Kunstlicht und Kerzenschein zu ihm hinauf. Schlecht war ihm.

»Wie spät« rief er den drei da unten zu. »He! Wie spät?«

Moni, ein Glas in der Hand, blickte nach oben, leicht schwankend, als ob sie bereits einen in der Krone hätte.

»Neun. Nein. Halb zehn«, rief Jahn von irgendwoher.

Eberhard putzte sich zunächst den Geschmack aus dem Mund, dann zog er sich Hose und Latschen an und tapste nach unten.

»Mensch, habe ich einen Durst.«

»Das kommt vom Nachmittagsbier, Kleiner.«

Anke drückte ihm ihr Glas in die Hand.

»Wir kennen uns bereits«, fügte sie, an ihren Exmann gewandt, hinzu.

Als Eberhard sich am Buffet einen Teller füllte, trat Jahn an ihn heran und flüsterte: »Ich bin froh, daß Anke noch gekommen ist. So ist unser Freizeitklub ein wenig ausgeglichener, findest du nicht auch?«

Auch Eberhard tat ein wenig erleichtert. Die Hitze des Tages war inzwischen einer federleichten Kühle gewichen. Die Luft fühlte sich weich und angenehm an. Anke hatte sich die ganze Zeit mit Jahn unterhalten, leise, flüsternd, intim. Während Moni sich in der Küche nützlich machte, abspülte, aufräumte, lag Eberhard auf der Couch vor dem Kamin und hörte Platten, auch verhalten, auch intim. Leichte Popmusik. Er hörte die beiden Exgatten die Treppe hinaufsteigen. »Nacht! Nacht!« rufen, dann zwei Türen schlagen. Er hörte Schritte über sich, Wasserlaufen, ein Fenster wurde geöffnet, jemand beugte sich hinaus, tief Atem holend. Nachtluft, Ruhe, Frieden, Besoffensein.

Hamburg war weit weg. Was da oben im Norden geschah, konnte man den Zeitungen entnehmen, die Leon bei seinen Besuchen mitbrachte. Gelegentlich fuhr Jahn mit ins Dorf, um von der Post aus zu telefonieren. Jedesmal kam er mit leerem Gesicht zurück.

»Nichts Neues.«

So kommentierte er seine schlechte Laune. Heute hatte er doch sein Telefon wieder anschließen lassen. Wahrscheinlich glaubte er, daß sein »Magazin« ohne ihn nicht erscheinen würde, wenigstens nicht problemlos. Doch die grelle Sonne auf der Insel hellte auch Jahns Gemüt schnell wieder auf. Und die Anwesenheit der beiden Frauen. Auch wenn Anke ihm aus dem Weg zu gehen schien. Vielleicht hatte er ihr allzu eindeutige Avancen gemacht. Das war Jahns Spezialität.

Eines Nachts hörte man aus Ankes Zimmer Gezänk, einen mürrisch-nölenden Jahn sowie Anke »Verschwinde bloß!« rufen. Etwas fiel gegen eine Mauer. Dann wurde eine Tür so heftig aufgestoßen, daß die Klinke gegen die Wand knallte. Jahn hörte man wegschlurfen, schließlich zwei Türen knallen, gleichzeitig. Eberhard kicherte ins Kissen, während Moni so tat, als ob sie nichts gehört habe.

»Mach doch endlich das Licht aus«, stöhnte er seiner Bettgenossin zu.

Morgensonne, Mittagshitze, Baden, Tauchen, Essen, Trinken, Dösen, Schwatzen, Spötteln, Necken, dachte er, damit verbringe ich nun die zweite Woche. Und: Noch eine Woche, und der ganze Zauber ist vorbei.

»Laßt uns doch heute abend ein Blatt anfassen!«

Eberhard schlug zwei Kartenstapel aneinander, daß es knallte.

»Gin rummy«, rief Anke begeistert aus, »kennt ihr Gin rummy?«

»Chin-chin«, machte Moni nur.

»Das Stück habe ich mal mit dir im Thalia-Theater gesehen, erinnerst du dich, Anke?« Jahn hielt nicht viel vom Zocken, fand es prolo. »Mit dem Dings, wie hieß der noch, in der Hauptrolle.«

»Ja. Dingsbums«.

Flink ließ Anke die Karten durch die Finger gleiten, warf jedem am Tisch ein Blatt hin. Eberhard, an seinem Schnurrbart kauend, nahm es flugs auf, um alles zu sortieren. Moni und Jahn ließen die Haufen anwachsen, ehe sie danach griffen. Kreuz Dame blieb offen liegen.

Murmeln, Süffeln, Karten zischeln. Jahn war schon wieder in der Küche verschwunden, eine neue Flasche zu entkorken, plopp. Ein herrliches Geräusch, die drei am Tisch grinsten sich an.

»Was macht eigentlich euer Joker?« fragte Anke Jahn oder Eberhard.

»Welcher Joker?«

»Na, Hartter. Wolf Hartter, euer Mann für alle Gelegenheiten. Der Libero, der Joker.«

»Interessiert mich nicht«, meinte Eberhard.

»Stehst du mit dem auf Kriegsfuß?«

Geistesabwesend schüttelte Eberhard die Locken, sah über den Tisch hinweg, griff sich eine neue Karte. Legte Herz Dame oben ab. Anke machte ihr Vierer-Rommée voll. Dann griff sie sich den Haufen mit der Dame oben auf.

»Wieso Kriegsfuß?«

Erst jetzt kam Eberhard auf Ankes Frage zurück.

»Hartter erzählt in der Stadt seltsame Sachen über dich. Daß du einen Ghostwriter hättest, zum Beispiel. Einen, der dir die Feder führt.«

»Quatsch!«

Jahn war schon wieder in die Küche geschlurft, die Flasche holen.

»Gin rummy«, sagte Eberhard nun.

»Feigling«, meinte Anke.

Jahn und Moni blickten sich verständnislos an, begriffen das schnelle Ende dieses Spiels nicht, das die beiden anderen mit ihnen trieben.

»Nur eine Übungsrunde. Zum Warmspielen«, sagte Eberhard und griff sich die Karten.

»Hört doch auf mit Hartter«, knurrte jetzt der Herausgeber, »der redet doch gerne Blech. Weiß doch jeder. Hartter lügt die Leute an, um deren Reaktionen zu testen. Seine Art, Menschen zu veralbern, zu verunsichern. Von Wendig hatte er einmal in Umlauf gebracht, daß der seine größeren Artikel aus unzugänglichen Quellen schöpfe. Daß der eine Armee freier Mitarbeiter beschäftige, die ihm die Texte schrieben.«

»Ehrlich?« fragte Eberhard naiv.

»Zu meiner Zeit«, erzählte nun Anke gutgelaunt, »ist mir einmal der Brief eines bekannten Schweizer Journalisten in die Hände gefallen. Der war an Wendig adressiert. Darin erhob der Schweizer den Vorwurf, Wendig habe einen seiner Artikel plagiiert, quasi wortwörtlich abgeschrieben.« Später habe sie eine riesige Honoraranweisung an diesen Schweizer Kollegen entdeckt, von Wendig unterschrieben.

»Zehntausend Mark.«

Jahn starrte ins Leere, schon besoffen? Seit Anke zu ihrem Kreis gestoßen war, wirkte er gestreßt, sah sich wohl immerzu genötigt, auf gesellig zu machen. Bei ihnen rumzusitzen, um aufzupassen?

»Von Hartter weiß ich nur, daß der sich Leserbriefe selber schreibt.«

Jetzt wollte auch Eberhard sein Schärflein zu dieser trauten Klatschrunde beisteuern.

»Jetzt red' du kein Blech!« fuhr Jahn ihn an.

Der Herausgeber war ungestüm aufgestanden, warf die Karten hin, wandte sich ab. Kehrte dann noch einmal um, fixierte Eberhard mit seinem schwimmenden Blick: »Merk dir das für alle Zeiten! In meinem ›Magazin‹ wird nicht getürkt oder abgeschrieben oder plagiiert. Für alle Zeiten!«

Dann verschwand er und ließ die drei ein wenig betroffen zurück. Ganz verloren saßen sie an diesem großen Tisch. Anke lief ihm nach.

»War ja nicht so gemeint«, hörte man sie auf der Treppe sagen.

Dann schlugen zwei Türen. Zwei, merkte Eberhard auf, zeigte grinsend mit dem Zeigefinger an die Decke.
»Was ist denn mit Hartter?«
Moni hatte beim Geplänkel um den Kerl, ums Türken, Abschreiben oder Plagiieren gar nicht zugehört.
»Nichts. Laß. Unwichtig. Laß uns kuscheln gehen.«

7.

»Gib mir doch auch mal ein paar Tennisstunden!«
Beim Frühstück auf der kleinen Terrasse hinter der Küche schaute ihm Anke auf die Hände. Dann trat sie hinter ihn und massierte ein wenig seinen Nacken, seine Schultern. Sehnig. Knochig. Jahn und Moni hatten schon die Fahrräder bereitgestellt. Für ihr gemeinsames Frühstücksbad, wie Moni es nannte. Anke wirkte an diesem Morgen ziellos, Eberhard gehemmt und unmotiviert wie immer, wenn Moni voller Pläne herumwuselte. Am liebsten würde er bei mäßigen Temperaturen im Schatten von Kastanienbäumen einen kleinen gelben Filzball gegen eine Wand schlagen. Warum nicht richtig Tennis spielen? Bei einer der Hotelanlagen an der Nordküste der Insel, hatte Leon ihm gesagt, seien viele Tennisplätze, Hartplätze allerdings.
»Hast du denn schon einmal einen Schläger in der Hand gehabt?« frotzelte er mit seiner Standardfrage.
»Ich bin Mitglied im HHTC, falls dir das etwas sagt.«
Hamburger Hockey und Tennisclub. Mit c. Feine Adresse am Hamburger Rothenbaum, schau, schau. Eberhard lief aufs Zimmer, kramte nach den Tennissachen, Schuhen, Hemden,

Bällen, Schlägern. Griff genüßlich rein in diese Klamotten, lange schon hatte er keinen Tennisschläger mehr in der Hand gehabt. Faßte ihn fest am Griff, wirbelte ihn herum, so wie Cowboys ihre Colts wirbeln, schlug mit der flachen Hand auf die Besaitung, um ihr diesen besonderen Klang zu entlocken. Boing, boing. Tennisschuhe hatte Anke immer dabei. Den Schläger würde sie von Moni bekommen.
»Spielen wir heute abend nach acht, wenn die Sonne tiefer steht?« fragte sie Eberhard.
Dann verschwand auch sie auf einem Fahrrad nach irgendwohin.
Anke spielte makellos Tennis, gelernt ist gelernt. Nach und nach kam sie damit heraus, daß sie einmal Turniere gespielt hatte, keine großen, bedeutenden Sachen, aber immerhin. Am Hamburger Rothenbaum, in München, in Düsseldorf. Da die Hitze immer noch wie eine Glocke über den Hartplätzen hing, hatte es keinen Sinn, ein Match zu spielen, ein Mixed, Mann gegen Frau. So spielten die beiden sich einfach die Bälle zu, schön, fein, schön auf den Schlägerkopf und zurück. Hin und her, ästhetisch, artig, ein wenig langweilig.
»Macht Spaß«, sagte sie, als sie einmal wegen der tief stehenden Sonne die Seiten wechselten. Für unser Alter ist das genau das richtige, sollte das wohl heißen. Die wenigen Zuschauer, die ihrem Ballwechsel gefolgt waren, hatten sich verzogen, zum Essen ins Hotelrestaurant oder auf ihre Campingplätze. Der harte Boden war Streß für die Füße, Beine und Gelenke. Das konnte Blasen und Verletzungen geben.

»Sollen wir doch noch einen schnellen Satz spielen?«

»Fang du an!« rief sie ihm als Antwort hinüber.

Eberhard stellte sich zum Aufschlag an die Grundlinie, den Ball in der Linken, den Schlägerkopf auf den Boden gesenkt. Langsam ließ er den Wurfarm steigen, steigen, entließ den Ball dann aus den Fingern, der hoch in den Himmel stieg. Synchron mit dieser Wurfbewegung hatte sein Schläger einen Kreis beschrieben, den Ball hoch oben im Zenit getroffen, ihn mit Effet über die Netzkante gedroschen. Anke mußte weit aus dem Feld herauslaufen, um ihn zu retournieren. Fehler!

»Sorry!« rief Eberhard ihr fröhlich hinüber.

»Fünfzehn – Null. Fifteen – Love« sagte er, »für unsere anglophile Hanseatin.«

Mit drei weiteren Aufschlägen machte er dann seinen Spielpunkt.

»Hat keinen Sinn«, meinte Anke beim erneuten Seitenwechsel.

»Zu heiß! Immer noch, finde ich. Laß uns im Meer ein Bad nehmen!«

Den kurzen Weg zum Strand schoben sie ihre Fahrräder neben sich her. Einen menschenleeren Strand hatte ihm Anke versprochen, Geheimtip, sagte sie. Früher sei hier der Treffpunkt der Kiffer und Pusher gewesen.

»Du hast doch keine Angst?«

»Vor dir?«

Eberhard grinste verlegen.

»Nö, nö.«

Als die beiden dann naß auf einem breiten Badetuch lagen, ein wenig erschöpft, ein wenig außer Atem, sagte Anke: »Du gefällst mir. Weißt du.«

Ein Ende des Badetuchs hatte sie halb um sich herum geschlungen.

»Du bist eine prima Tennisspielerin.«

Anke lachte. Sie lag auf dem Rücken, ungeniert. Eberhard verschämt auf dem Bauch.

»Das werden wir fortsetzen. Das Match, meine ich.«

Eberhard rutschte näher, schlang seinen Arm um ihren Körper, fuhr mit der Hand über ihre Brüste. Dann umfing sie seinen Hals und liebkoste seinen Nacken. Er rückte noch ein wenig näher an Anke heran.

»Weißt du, warum?«

Sie nagte mit den Zähnen an seinem Ohrläppchen.

»Weil ich ein netter Tennislehrer bin.«

Anke war so nahe an seinem Ohr, daß ihn ein Schauer überlief.

»Wie du hier mit deinem Chef umgehst. Das gefällt mir. So lässig, so selbstsicher. Der mag das auch, glaube mir. Nimm dich trotzdem vor ihm in acht!« fügte sie dann noch hinzu.

»Sehr angenehm hier. So allein, Körper an Körper«, meinte Eberhard zu Anke.

Ihren letzten Satz hatte er gar nicht hören wollen.

»Wie du mich hierhergelotst hast, das gefällt mir!«

Anke schnurrte ihm ins Ohr. Er neigte sich über sie, blickte ihr starr in die Augen, irritierend.

»Wenn ich dir ins Auge blicke, Baby«, erklärte er ihr, »kann ich mich darin selbst erkennen.«

So schöne Augen.

»Pst«, machte sie.

»Leise, ganz leise. Keinen Ton mehr!«

Dann: »Komm!«

Danach schritten sie beide noch einmal ins dunkle Wasser, Hand in Hand, schweigend, als ob sie die Stille nicht aus ihrem Gleichgewicht bringen wollten.

Auf einmal schien es Eberhard, als rase die Zeit.

»Heute abend steigt ein Abschiedsfest für Anke.«

Moni sagte das auf solch geheimnisvolle Weise, daß er, die Brauen hochgezogen, übertrieben reagierte: »Ein Abschiedsfest? Warum denn das? Hat es bei den beiden nicht geklappt?«

Moni war immer besser informiert als er.

»Jahn meint, daß uns sonst noch die Polizei ins Haus stünde.«

»Die Polizei?« wiederholte Eberhard noch verdutzter, noch dämlicher.

Dann klärte ihn Moni darüber auf, daß Anke immer mit heißem Gepäck reise.

»Du weißt schon: Koks, Schnee, das ganze schicke Zeugs, um die Stimmung zu heben.«

Wundermittel gegen Kater, das meinte immerhin auch Jahn. Man durfte sich damit nur nicht erwischen lassen, schon gar nicht auf einer spanischen Insel.

»Und deswegen wird Anke weggeschickt. Basta.«

Eberhard blinzelte nach oben, zu dem Zimmer, in dem er Anke vermutete, wo immer noch die Fensterläden geschlossen waren.

Das arme Weib, dachte er, hatte sich diese Tage wohl auch anders vorgestellt.

Wieder einmal ergriff Eberhard die Flucht, schlurfte zum Schuppen, wo die Fahrräder verwahrt wurden, schob den Drahtesel neben sich her auf dem Schotterweg. Dann schwang er sich hinauf und winkte Moni zu, die etwas verloren vor dem großen Haus zurückblieb.

»Bleib bitte nicht so lange weg«, bat sie ihn, »ich will nicht immerzu alleine die ganzen Vorbereitungen für Jahns verdammte Parties machen müssen!« Bin doch kein Dienstmädchen hier, dachte sie wütend.

Dann schrie sie schrill nach oben: »Anke! Komm runter! Ist schließlich deine Party!«

Als ob sie die ganze Zeit, den lieben, langen Tag, in ihrem dunklen Zimmer verbracht hätte, taperte Anke herunter, verpennt oder verheult, und begann ungeschickt, das Geschirr hinaus an den Pool zu tragen, dann das kalte Fleisch, den Fisch und Käse anzurichten und auf diesem kitschigen Servierwagen herauszufahren, während oben, im Eckzimmer im ersten Stock, der kleine Zeitschriftenbesitzer wichtigtuerisch auf seiner Schreibmaschine herumhämmerte.

»Der Maniak«, murmelte Anke, »der Zwerg.«

Die Sonne war längst hinter den sanften Hügeln verschwun-

den, sie schickte nur noch ein wenig Dämmerlicht auf die Landschaft, laut hörte man das Zirpen der Grillen. Durch die Ritzen der Mauern huschten Echsen, wie Schatten flogen Fledermäuse zwischen den dunklen Bäumen hin und her. Auf einmal stand der Hausherr, bereits leicht schwankend, zwischen den beiden Mädchen.
»Na, Anke«, sagte er in seinem gönnerhaften Tonfall, »heut' deine Party.«
Anke hob ihr Glas in seine Richtung, prost, und schob sich zugleich ein gefülltes Weinblatt in den Mund. Geschenkt. Auch Eberhard trat nun zu der stummen Runde. Er ließ sich auf die nächst Liege fallen und betrachtete die anderen, wie sie begannen, trügerisch Komödie zu spielen. Bei Jahn wußte man heute nicht, woran man war. Anke setzte sich ans Fußende der Liege und legte Eberhard die Hand auf den Oberschenkel. Schade, daß wir so wenig Zeit miteinander hatten, sollte wohl diese Geste bedeuten. Er dachte im selben Augenblick das gleiche. Dann zog er Anke zu sich heran und gab ihr einen leichten Kuß auf die Wange; begann dann, an den freimütig dargebotenen Lippen zu nagen. Seine Zunge tändelte über ihren Mund, suchte ihre Zunge.
Zu Ankes Abschiedsfest werde ich doch ein wenig aus der Rolle fallen dürfen, dachte er.
»Du weißt, daß Jahn mich rausgeschmissen hat?«
Eberhard nickte abwesend, blickte rüber zu den beiden anderen.
»Er haßt es, wenn ich kokse.«

Sie fragte ihn, ob er auch einmal eine Nase davon nehmen wolle, doch Eberhard wehrte ab.

»Wir könnten uns doch einmal in Hamburg treffen«, sagte er statt dessen. »Ruf mich einfach übernächste Woche in der Redaktion an.«

Er drückte sie noch einmal an sich, sentimentaler Junge. Eberhard sah Moni aus ihrem Kleid schlüpfen und im Bikini, den sie darunter trug, ins Wasser gleiten. Dabei kicherte sie albern. Sie machte ein paar weite Schwimmbewegungen, drehte sich auf den Rücken, das blonde Haar dunkel vom Wasser, und fing an, kräftig mit den Beinen zu strampeln. Bis zu Eberhard und Anke spritzte das Wasser. Jahn entkorkte knallend eine Flasche.

»Champagner für meine Freunde!« brüllte Eberhard ungehörig laut.

Dabei schob er Anke von sich, erhob sich, um sich von Jahn einschenken zu lassen. Auch Moni kam planschend an den Rand des Pools geschwommen und streckte die kleine nasse Hand nach einem Glas Champagner aus. Mit diesem schwamm sie wieder ungelenk in die Mitte des Pools zurück und trank es in einem Zug aus. Dann japste sie, hustete, fuchtelte mit dem leeren Glas herum.

»Verdammt! Ich hab' mich verschluckt.«

Unkontrolliert hustend und keuchend, kam sie aus dem Swimmingpool gekrochen und ließ sich bäuchlings auf die Liege fallen. Jahn klopfte ihr heftig den Rücken. Anke hatte in dem kleinen Transistorradio einen Sender gefunden, der die Schlager der Saison hinausjaulte. »Vamos a la playa.« Im Schutz dieser Musik zerrte sie dann Jahn zu einer Hecke im Garten und redete gestikulierend auf ihn ein. Jahn hatte bereits genervt gewirkt, als er anfangs zu den anderen stieß. Jetzt nahm er seine Brille ab und drückte sich die Finger auf die Augen. Blind schüttelte er immerzu den Kopf, aber Anke schien keine Ruhe geben zu wollen. Sie hatte Jahn auch noch am Arm gepackt. Der stieß sie plötzlich heftig von sich weg ins Gebüsch. Halb hing Anke, halb lag sie darin.

»Du spinnst wohl!«

Anke keifte, stieß ihrerseits nun Jahn weg und rannte ins Haus, nach oben in ihr Zimmer, worauf das Licht anging und kurz darauf krachend die Fensterläden zuflogen. Jahn machte nur eine wegwerfende Handbewegung. Er ließ sich auf der Liege bei Moni nieder und begann, an ihr herumzukneten.

»Laß doch Moni in Ruhe, wenn du bei Anke nicht landen konntest«, fauchte Eberhard ihn an.

»Du hast doch keine Ahnung, Junge!«

Moni machte Jahn ganz auf der Liege Platz, ging auch ins Haus, als wollte sie dieser unguten Atmosphäre schnell entfliehen. Erst kurz nach zwölf. Jahn und Eberhard blieben am Swimmingpool zurück.

»Weiber!«

Dann brachen beide gleichzeitig in Gelächter aus.

»Von Anke könnte ich dir ein paar hübsche Geschichten erzählen.«

Jahn lachte immer noch in einem fort.
»Die würden dir die Socken ausziehen.«
»Laß mal. Heute nicht mehr. Laß uns einfach noch einen hinter die Binde gießen!«
Ständig tanzten die sich im Wasser des Pools brechenden Lichter auf den leicht bewegten Wellen herum, auf und ab, das konnte einen ganz meschugge machen. Das Radio plärrte immer noch denselben Schmus, »Vamos a la playa«, sososo. Doch die Musik trug auch zu einer einfältigen Zufriedenheit bei. Ab und zu flog klackernd ein Nachtfalter gegen eine der hellen Lampen. Jahn war schon wieder aufgestanden, Nachschub aus dem Kühlschrank zu holen.
»Wir könnten Anke zu zweit mal ...«, sagte er mit verzerrtem Grinsen.
Dann verschwand auch er im Haus. Eberhard hörte ihn noch die Treppe hinaufschnaufen, dann war endlich Stille. Nur noch dieses Dröhnen, das Besoffene immerzu im Ohr haben.

Plötzlich erschienen die beiden wieder, Jahn und Anke, Hand in Hand, offenbar versöhnt. Eberhard mußte ein wenig eingenickt sein, es war schon nach zwei. Während Eberhard unten auf der Liege gepennt hatte, hatte es Jahn mit Anke getrieben, klar.
Jetzt schubste Jahn seine Exfrau in Eberhards Arme und sagte: »Jetzt bist du dran.«
Anke erstarrte. Dann drehte sie sich langsam zu Jahn um und knallte im eine Ohrfeige ins Gesicht, die seine Brille in

die Büsche fegte. Auf einmal war der Alte nüchtern. Er packte sie am Handgelenk, drehte es in einer Art Polizeigriff nach hinten und trieb die keuchende, sich wehrende Anke an den Rand des Swimmingpools und schubste sie mit einem festen Stoß hinein. Sie versank mit wallenden Gewändern.

Malerisch, dachte Eberhard noch. Er war zu Jahn getreten, immer noch schlaftrunken und mit dem blechernen Geschmack von zuviel Alkohol im Mund, als Anke wieder auftauchte und einen Schwall Wasser in Richtung der beiden Männer spuckte.

Mit einemmal hatte Jahn den langen Stiel mit dem Netz am Ende in der Hand, dieses Werkzeug, mit dem man Schmutz und anderen Unrat aus dem Bassin fischt. Er langte damit weit aus, bis er Anke im Pool erreicht hatte, hieb damit auf sie ein, stülpte ihr das Netz über den Kopf und drückte, Irrsinn im Gesicht, ihren Kopf unter Wasser. Solange, bis sie, zappelnd und um sich schlagend, wieder versank.

Ein tödlich-törichtes Spiel wahrnehmend, versuchte Eberhard, Jahn die Stange aus der Hand zu reißen. Doch Jahn gab nicht auf, er versetzte Eberhard damit einen Stoß in den Magen. Feuerrot im Gesicht, naß, schwitzend, drückte Jahn mit aller Gewalt die zappelnde Anke tiefer und tiefer, bis sie schwächer und schwächer wurde. Dann war es still im Swimmingpool. Nur das türkisfarbene Tuch, das Anke immer im Haar trug, trieb nach oben. Eberhard hatte Jahn endlich die Stange entwinden können, doch das Netz daran hatte sich so fest in Ankes Haar verfangen, daß es nicht zu lösen war. Die Stange glitt Eberhard aus der Hand und versank mit Anke auf dem Grund des Bassins.

»Jahn!« schrie Eberhard, als ihm die Dramatik des Augenblicks bewußt wurde, »bist du verrückt geworden?«

Er sprang ins Wasser, um die ohnmächtige Frau herauszufischen. Anke lag unbeweglich und schwer, wie festgekrallt, auf dem Boden des Beckens. An den Wänden waberten tausend Lichtreflexe. Sie hatte die Augen gespenstisch geöffnet, aus ihrem aufgerissenen Mund perlten noch ein paar Bläschen.

Eberhard brachte sie nicht vom Fleck. Zum drittenmal mußte er an die Oberfläche, um Luft zu schöpfen, dann erst konnte er ihr Haar aus dem Netz befreien und versuchen, sie nach oben zu schleppen.

»Herrgott! Hilf mir doch!«

Jahn stand wie versteinert am Rande seines Pools.

»Hol' Hilfe! Weck Moni! Die soll einen Arzt rufen und einen Krankenwagen!«

Scheißinsel! Scheißinsel! Eberhard flennte verzweifelt. Als sie Anke endlich zusammen aus dem Wasser gezerrt hatten, versuchten sie es noch ungeschickt mit Mund-zu-Mund-Beatmung. Doch für Anke gab es keine Hilfe mehr.

»Es war ein Unfall, hörst du, Jahn! Ein furchtbares Unglück! Wir müssen dem Arzt sagen, daß es ein Unfall war!«

Eberhard fühlte sich gräßlich kaputt, plötzlich würgte es ihn, und er mußte sich im Gebüsch übergeben. An der Haustür, als ob sie Angst hätte, dem furchtbaren Geschehen näher zu treten, stand Moni. Fast so fahl wie Anke, die inmitten einer Pfütze am Rand des Beckens lag. In der Ferne hörte man ein Martinshorn sich nähern. Heute nacht war die Villa der einsamste Ort auf der ganzen Insel. Trotz des übergeworfenen Bademantels zitterte Eberhard am ganzen Körper. Jahn wirkte immer noch wie leblos. Als der Rettungswagen die Einfahrt entlanggescheppert kam, flackerte sein blaues Licht rhythmisch auf den drei bleichen Gestalten. Türenschlagen, eilige Schritte, Stimmengewirr, das Kopfschütteln der Besatzung, all das nahm Eberhard gar nicht mehr richtig wahr. Sollte sich der Alte doch um alles kümmern!

»Gleich kommen Polizei!« hörte er Leon noch sagen.

Leon? Wer hatte denn Leon gerufen? In seinem verkaterten Kopf überstürzte sich alles, das Wasser im Becken schwappte immer noch leise und warf grelles Licht hinauf in die Nacht. Eine surreale Szene, so unwirklich. Er fühlte sich nur noch elend und traurig und verschwand aus dem Getümmel unbemerkt in sein Bett.

Irgendwann rüttelte ihn eine harte Hand wach. Ein Mann in Uniform stand neben ihm, ein Polizist. Eberhard erschrak, als ihm das Unglück der letzten Nacht ins Gedächtnis fuhr.

»Eberhard! Wach endlich auf! Die Polizei will dich befragen. Hörst du!«

Leon warte unten und würde alles übersetzen. Eberhard folgte Moni die steile Treppe hinab.

»Wo ist Jahn?«

Moni deutete mit dem Daumen nach hinten.
»Es war ein Unfall, weißt du! Ein Unfall.«
»Ist sie noch ...?«
Moni schüttelte den Kopf. Er müsse jetzt der Polizei ein paar Fragen beantworten, los. Eberhard raffte sich auf, wappnete sich innerlich. Aber er hatte ja Leon als Dolmetscher und Mittler zwischen sich und den Fragen der Polizisten. Unten duftete es nach frischem Kaffee. Die Fensterläden waren geschlossen, draußen herrschte noch Dunkelheit. Staunend registrierte Eberhard auf der Uhr auf dem Kamin, daß kaum zwei Stunden seit seinem Abgang vergangen waren. Die Polizei hätte am Körper der toten Frau, an ihren Oberarmen und an ihrem Hals, Kratzer festgestellt, Kratzer von kräftigen Händen mit längeren Fingernägeln.
»Haben Sie Erklärung?«
Leon wirkte trotzig, gar nicht mehr freundschaftlich. Das sei bei seinen Rettungsversuchen passiert, erklärte ihm Eberhard nachdrücklich, jede Silbe wie für einen Schwerhörigen betonend.
Darauf sagte einer der Polizisten: »Zeigen Hände!«
Zaudernd wie ein Junge, der Strafe zu erwarten hat, hielt Eberhard dem Polizisten seine Hände entgegen. Auf beiden Seiten unterzog der ältere der beiden Uniformierten Eberhards Hände einer genauen Prüfung, entnahm den Fingernägeln mit einer Nagelfeile Proben, ehe er sie wieder nachlässig fallen ließ.
»Jetzt erzählen! Wie passiert?«

Argwöhnisch verfolgten die beiden Polizisten Eberhards Erzählung, unterbrachen nicht einen Satz, hörten sich stumm Leons Übersetzung an. Dann sprachen sie schnell auf den Hausmeister ein, der erschreckt wirkte und der ihnen wild gestikulierend, immer mal wieder einen Blick auf Eberhard werfend, Antwort gab. Dann hob ein Geschrei im Hause an, das doch ein Totenhaus war. Pietätlos, dachte Eberhard.
»Herr Schütz«, sagte Leon zu ihm, »Sie mitkommen auf Polizei. Protokoll unterzeichnen. Sie hatten Kontakt mit Frau, nicht? Ja? Sie verdächtig, meint Polizei.«
»Sind Sie verrückt geworden, Leon?«
Eberhard schrie und schickte Moni, um Jahn zu holen.
»Jahn soll das hier klären. Er hat mit Anke seine Späßchen gemacht. Ich habe versucht, die Frau zu retten, verstehen Sie! Zu retten! Ich denke nicht daran, mit der Polizei zu gehen! Womöglich in den Knast. Sagen Sie das den Bullen!«
Dann wandte er sich selber an die Polizisten: »Non yo! Il chef! Le patron. Demandez-le! Ask him, Mister Jahn!«
Er geriet ob seiner verzweifelten Versuche, sich verständlich zu machen, vielzüngig ins Stottern.
»Le chef«, rief er immerzu, »il patron! So übersetzen Sie doch, Leon, um Himmels willen!«
Der zuckte nur die Schultern, bis sein Chef und Moni endlich kamen. Ohne Brille wirkte der kleine Mann durchsichtig wie ein Phantom.
Er ging auf Eberhard zu, berührte zaghaft seinen Arm und sagte: »Eberhard, bitte. Ich kann nicht mehr. Es war doch

ein Unfall. Du hast es selber gesagt. Du warst doch Zeuge. Geh bitte mit und unterschreibe das Protokoll. Bitte. Ich werde dir das nie vergessen. Wir sind doch Freunde, wir drei.«

Eberhard sah auf das elende Männchen herunter, blickte auf Moni, die am Heulen war, sagte okay zu Leon und den Polizisten und ging nach draußen vor das Haus, nur weg vom Aufruhr im Inneren. Obwohl die Dämmerung bereits hinter den Feldern hervorkam, brannten am Unfallort noch alle Lichter. Doch kein Fleckchen Feuchtigkeit erinnerte mehr an das Unglück, die Wärme hatte alle Nässe verdampfen lassen. Als Eberhard sich hinten in den Polizei-Fiat gezwängt hatte, startete einer der Uniformierten durch und schoß kiesspritzend die Ausfahrt hinaus und den einzigen Feldweg ins Dorf hinab. Aus dem Funkgerät quoll unsägliches Stimmengewirr.

Heute ist Donnerstag, der 21. September, dachte Eberhard, Herbstanfang in Hamburg.

Ihn fröstelte.

Von der Müdigkeit und Anspannung der letzten Stunden fast blind, sah er hinter dem Fiat Leon im Citroën wie ein Schemen den Weg entlangschaukeln. Aufmunternd winkte ihm der Hausmeister noch zu, ehe er an der ersten Kreuzung abbog, um endlich nach Hause zu kommen.

8.

Erst als der Airbus an Höhe gewonnen und in fast zehntausend Metern aus seinem holprigen Steigflug in den ruhigen Reiseflug geglitten war, stellte Eberhard seinen Sitz ein wenig schräg, streckte dabei die Beine aus, ließ die Handgelenke knacken und versuchte, selbst in einen leeren Schlummer hinüberzugleiten. Man hörte die Triebwerke summen, beruhigend. Neben ihm, auf dem Sitz am Fenster, blätterte Moni in einer Reisezeitschrift.

Mit einem Riß war ihr Urlaub zu Ende gegangen. Jahn hatte die gräßlichen Formalitäten doch noch übernehmen müssen, Anke war schließlich seine Exfrau gewesen. Dann hatte er ihnen beiden die Tickets für den Charterflug nach Hamburg mitgebracht. Er selber, sagte er, würde sich mit einem Privatflugzeug abholen lassen. Wahrscheinlich flog mit ihnen jetzt auch Anke, im Frachtraum. Schweigend genossen Eberhard und Moni ihre neue Zweisamkeit. Zuerst am Flughafen, dann in der Maschine, ahnten sie gegenseitig ihre Gedanken. Über den Unfall sprachen sie kein Wort mehr. Das Unglück hatte sich wie ein schwarzer Schatten über die sonnigen Erinnerungen auf der Insel gelegt.

Ein Schatten, der sich nie wieder tilgen läßt, dachte Eberhard.
Schmerzhaft zogen sich seine Eingeweide zusammen. Die Erinnerungen an Ankes Tod flackerten immer wieder wie Filmszenen vor seinen Augen auf.

Eberhard hatte die ganze Nacht bis zum frühen Morgen des 21. September auf der Wache der Inselpolizei verbringen müssen, hatte im Beisein eines amtlichen Dolmetschers den Hergang des Unfalls immer wieder schildern müssen, immer wieder. Er hatte sich Fingerabdrücke abnehmen lassen und schließlich ein zwar in deutscher Übersetzung vorliegendes, doch ihm letztlich unverständliches Protokoll unterschreiben müssen. Ach ja, nur auf die Kaution von Señor Jahn hin, hatte ihm der Dolmetscher irgendwann einmal gesagt, würde er überhaupt freigelassen werden.
»Mir egal, was Jahn mit seinem Geld macht«, hatte Eberhard dem Übersetzer geantwortet.
Wie Jahn damit wohl fertig werden würde. Und Moni? Aber sie hatte ja oben in ihrem Zimmer geschlafen und Anke erst als Tote wieder zu Gesicht bekommen. An Jahns verzerrtes Gesicht, während er Anke im Pool mit der Stange traktierte, würde sich Eberhard noch lange erinnern müssen. Oder waren das doch verbissene und vergebliche Rettungsversuche gewesen? Erinnerung, sprich!
Abwarten, was jetzt auf mich zukommt, ging es ihm durch den Kopf.

»Nur noch eine Woche, dann stehen wir beide, nebeneinander sozusagen, wieder in den Sielen!« hatte ihm Jahn noch beim Abschied am spanischen Hafen zugerufen.
Eberhard dachte an das graue Hochhaus in der Hamburger City. Wie merkwürdig unbekannt ihm Hamburg nach nur drei Wochen Abwesenheit vorkam.
»Alles so grün. Wie andauernd feucht«, meinte Moni, als sie beide im Taxi saßen, das sie vom Flughafen Fuhlsbüttel in die Stadt brachte, ihn nach Eppendorf, sie danach in die Eilenau.
»Ja, schaurig, wir Hamburger haben einen lausigen Sommer gehabt, einen nassen September mit Temperaturen um fünfzehn Grad«, sagte der Taxifahrer ungefragt. »Aber Sie kommen ja aus dem Süden, man sieht's«, fügte er noch jovial hinzu.
Eberhard drückte sich schweigend in seine Ecke des Autos und starrte dem viel zu schnell vorbeifliegenden Grün nach. Diese verdammte Raserei! Dieses verfluchte Grün! Eine Pracht aus Bäumen, Wiesen, Gärten, Büschen, Kanälen und Pfützen verwischte sich zu einem vielfach gebrochenen Ton, der ihn frösteln ließ. Unvernünftigerweise war er auf der Insel barfuß in seine Stoffschuhe geschlüpft und hatte seit dem Flug kalte Füße.
Übermorgen bin ich erkältet, dachte er mürrisch.
Das Haus im Falkenried wirkte so verlassen, wie leerstehend, mit den geschlossenen Fenstern und den dunklen Höhlen dahinter. Was für ein Kontrast zu den ockerfarbenen Gefilden!

Eberhard bezahlte den Fahrer, dann war Moni mit dem Wagen bereits um die Ecke verschwunden. Er fingerte seinen Hausschlüssel aus dem Gepäck, stieß die Haustür auf, schloß dann seine Wohnungstür auf, zögernd, als ob er überhaupt nicht eintreten wollte. Drinnen roch es feucht und muffig. Traumwandlerisch betrat er seine dämmrige Wohnung und schaute sich neugierig darin um.

Komisch, wie fremd einem alles in ein paar Wochen werden kann, staunte er noch einmal.

Er lag schon lange auf seiner Matratze, die Bilder von der Insel gaben keine Ruhe, ließen ihn einfach nicht einschlafen, als das Telefon schrillte. Moni.

Sie weinte hemmungslos: »Komm heute nacht zu mir. Bitte, bitte.«

Eberhard sprang schnell in seine Kleider und rannte zum nächsten Taxistand an der Eppendorfer Landstraße, als gelte es, auch Moni vor einem Unglück zu bewahren. In der Hoffnung, die Erinnerungen durch Arbeit vertreiben zu können, freute er sich während der Fahrt mit einemmal auf sein kleines Büro. Und auf die Tennisplätze am Winterhuder Hofweg.

Der »Magazin«-Herausgeber Jahn war zu seinem Redakteur und Feriengast Eberhard Schütz von geradezu förmlicher Freundlichkeit. Als wollte er mit dem tragischen Ende ihres Urlaubs auch die persönlichen Beziehungen tilgen. Oder sollte sich Eberhard einfach von nun an wieder in nichts von den anderen Angestellten unterscheiden? Jahn fragte ihn zwar gelegentlich in einem schnellen Telefonanruf nach seinem und Monis Ergehen, nach seinen Fortschritten beim Verfassen der Artikel. Aber aus dem wortkargen Redakteur und Tennislehrer war selten etwas herauszubekommen. Eberhard las gerade noch einmal den ersten Absatz seines neuen Artikels über Wolf Biermann durch – »Wenn der Liedermacher mit der Gitarre auf Reisen geht, dann steht unweigerlich Oppositionelles auf dem Programm« –, da fiepte das Telefon, und Jahn rief seinen Redakteur nach oben. Zufall? Oder hatte er von seiner Attacke auf den Politpoeten Wind bekommen, den Jahn zu seinen Freunden zählte? Oder wollte der Chef einfach mal wieder Tennis spielen? Oder ging es gar noch einmal um den Tod von Madame Ex? Nachdem Ankes Leiche ein paar Tage in der Hamburger Gerichtsmedizin gelegen hatte und die Amtsärzte Tod durch Herzstillstand infolge eines Schocks festgestellt hatten, ließ Jahn sie schnell einäschern. Kinder hatten die beiden nicht in die Welt gesetzt.

»'Nen Schluck?« fragte Jahn seinen eintretenden Redakteur. Er selbst hatte bereits einige genossen, in dem Marmoraschenbecher auf seinem Schreibtisch lagen fünf oder sechs Jever-Kronkorken. Vertraulich drückte der »Magazin«-Herausgeber Eberhard ein Glas in die Hand und versuchte zitternd einzuschenken.

»Gib her«, sagte Eberhard.

War man noch beim Du oder schon wieder beim Sie?

»Ich habe mir überlegt«, sagte Jahn langsam und deutlich zu Eberhard, »ob deine Moni nicht bei uns im Hause arbeiten könnte.«

Im Archiv sei eine entsprechende Stelle frei geworden, fuhr er fort.

»Wäre doch nett, wir drei unter einem Dach, nicht wahr ...«

Perplex nahm Eberhard einen tiefen Schluck und versprach, mit Moni darüber zu reden. Keine vorschnellen Zusagen, mahnte er sich.

Seite an Seite standen die beiden am Fenster und blickten hinüber zu den grünen Dächern der Speicherstadt. Graue Wolken wischten über den Himmel, ganz hinten sah man die dürren Finger der Schiffskräne aufragen. Tor zur Welt. Zollhafen. Demnächst wohl Yuppie-Insel, wer weiß.

»Komm doch öfter mal nach oben«, sagte Jahn dann zu Eberhard und berührte leicht seinen Arm. »Ich bin oft so allein«.

Auch das versprach der Redakteur.

»Ich muß wieder runter in die Zelle. Biermann, du weißt.«

Auch ihm war auf einmal rührselig zumute.

Wir können ja danach noch einen Schluck nehmen, dachte Eberhard, sagte es aber nicht. So schüttete er sein Jever schnell hinunter, gab Jahn die Hand, lief stracks zum Aufzug, der ihn ohne Aufenthalt in den siebten Stock beförderte. Von weitem hörte er Wendig dröhnen. Hummel nannten die Sekretärinnen ihn, und Hummel hatte heute einen besonders summenden Tag. Gestern waren die Plätze im Heft verteilt

worden, heute galt es, sie zu füllen. Eberhard beugte sich wieder über die Fahne seines Artikels und las ihn sich noch einmal Zeile für Zeile durch, um Fehler oder Ungereimtheiten aufzuspüren. Feilte noch ein wenig daran herum.
»Das Ding wird wieder einschlagen«, grinste er vergnügt, die nikotingelben Zähne entblößt.
Wumm, wie eine Granate. Von deren Splittern, das konnte er heute allerdings noch nicht ahnen, würde er selbst getroffen werden. Viel später, beim Abrechnen würde ihm Doktor Wendig sagen: »Ich habe Sie ja gewarnt.«
Über seiner Fahne hockend, hatte Eberhard vergessen, Moni anzurufen. Ihr von Jahns Vorschlag zu erzählen, verdammt! Sie zu fragen, was sie davon hielt. Redaktionsschluß, da hatte er einfach alle Hände voll zu tun. Texte verifizieren, korrigieren, Korrekturen abliefern, gegenlesen, kürzen, noch einmal kontrollieren und so weiter, und so fort. Und dabei mindestens ein Glas Wein zur Hand. Ab Donnerstagnachmittag, sechzehn Uhr, sorgen die Sekretärinnen für den Stoff. Man sah sie vom Fenster aus, Plastiktüten schwenkend, hurtig die umliegenden Weinhändler abgrasen. Dabei hatte er also vergessen, Moni beim NDR anzurufen. Mein Gott! Was soll's. Jetzt war sie sicher unterwegs nach Hause, zwischen Karstadt und Eilenau oder weiß der Kuckuck, wo.

Als er seine Seite abgeschlossen hatte, machte sich Eberhard gleich auf den Weg zu ihrer Wohnung. Nahm die U-Bahn vom Messberg bis zur Wartenau, lief dann durch die Lessingstraße hin zur Eilenau. Kühl und regnerisch war es, Herbst eben. Eberhard klingelte ungeduldig bei Moni, noch einmal, fester drückte er auf den Klingelknopf und länger. Immer noch kein Lebenszeichen in der Wohnung, obwohl es bald neun Uhr abends war.

»Ich habe sie verpaßt, ich Depp!«

Eberhard schaute an dem Haus hinauf, trat dann auf die gegenüberliegende Straßenseite, ganz an den Kanal heran, und spähte hinüber in Monis Wohnung. Die vorderen Fenster, hinter denen ihr Schlafraum und ihr Wohnzimmer lagen, waren zwar dunkel, aber von hinten, aus ihrem Bad oder dem Flur oder der Küche, drang ein leichter Schein. Die Wohnung, so schien es ihm, täuschte nur Monis Abwesenheit vor. Noch einmal wechselte er die Straßenseite, drückte noch einmal, noch fordernder auf Monis Klingelknopf. Doch nichts rührte sich in der Wohnung. Scheiße! Dann schlenderte er am Kanal entlang bis hin zur Brücke, überquerte diese zum Lerchenfeld und betrat die Telefonzelle vor der Kunsthochschule. Mal sehen, ob mich das Weib reinlegen will. Er ließ es ein paarmal bei Moni klingeln. Nichts. Warten wir's ab. Den Mantel bis zum Hals geschlossen, die Schultern hochgezogen vor dem Wind, lief Eberhard zur U-Bahn an der Mundsburg, erst einmal eine Zeitung kaufen. In der Theaterkneipe gegenüber würde er ein paar Bierchen zischen. Die Kleinanzeigen studieren. Warten. Trinken. Rauchen. Beobachten. Theaterpause. Menschen, die sich fein gemacht hatten, strömten in die Kneipe. Auf ein schnelles Bier oder ein

Glas Sekt, o là! Auf der Bühne gaben sie gerade Brechts »Herr Puntilla und sein Knecht Matti« als derbes Volksstück. Die Busse aus Lüneburg, Uelzen, Heide und Ahrensburg warteten geduldig das Ende der Vorstellung ab. Schluck für Schluck wurde Eberhard lockerer, heiterer, wie angenehm! Die Feingemachten waren bereits beim ersten Klingelzeichen wieder im Theaterrund verschwunden.
Pünktlichkeit ist eine Zier, auch im Theater hier, dachte er. Also stand auch er auf, zog sich seinen Mantel über, ließ einen Zehner auf den Tisch flattern und verließ grußlos dieses gräßliche Lokal. Ein bißchen schwankend, ein wenig aggressiv jetzt. Wo steckte die Schlampe nur?
Das Lerchenfeld dröhnte vor Lärm. Motorradfahrer rasten durch die Gegend, hinten an der Wartenau ging eine Polizeisirene los. Als er über die Brücke kam und in die Eilenau einbog, sah er einen grauen Japaner um die Kurve quietschen. Ist hier 'ne Art Herbstrallye? fragte er sich wütend.
Noch einmal klingeln. Feste. Noch mal. Dann ging der Summer. Moni stand in der Tür, verwirrt, verstört, im Bademantel, auf nackten Sohlen. Eine Alkoholfahne, Essensgerüche, Zigarettenrauch drangen aus der Wohnung. Flink sagte sie, sie habe gerade ein Bad genommen und wolle eben im Bett verschwinden. Von wegen.
»Sag mal«, sprach Eberhard, ganz langsam, »wo hast du denn die ganze Zeit gesteckt?«
»Ich war im Kino. Gleich nach dem Büro. Ein Film mit Michel Piccoli.«

Französischer Scheiß. Interessierte ihn nicht.
»Darf ich nicht reinkommen?« fragte er Moni lauernd.
»Komm halt.«
Immer noch verwirrt, immer noch verstört. Sie rannte voraus ins Wohnzimmer und riß ein Fenster auf. Hier stank es nämlich. Nach Essen und Trinken und Rauchen und Menschen. Dabei rauchte seine Moni doch gar nicht, oder?
»Seit wann rauchst du denn?«
»Schon immer.«
Dann sagte sie abschwächend: »Immer mal wieder eine.«
Als Demonstration steckte sie sich gleich eine Zigarette an. Eberhard machte eine wegwerfende Handbewegung, seine spezielle Geste.
»Hast du Besuch gehabt?«
»Willst du mich aushorchen? Oder spionierst du mir einfach nur nach? Ich hab' dir doch gesagt, daß ich im Kino war. Und danach habe ich mir etwas in die Pfanne gehauen. Basta.«
Egal. Eberhard zerrte an Monis Bademantel, wollte sich den warmen, duftenden Körper greifen.
»Laß mich in Ruhe, bitte«, wehrte sie ihn ab. »Mir ist heute nicht danach.«
Ach. Ihr Gezeter fand irgendwo in weiter Ferne statt.
Gleich dreh' ich durch, spürte Eberhard.
»Kann ich wenigstens ein Bier haben?«
Eilfertig rannte sie in die Küche und brachte ihm eine Flasche. Kein sauberes Glas mehr da. Eberhard stand am Fenster und sah die Stelle, von wo aus er vor zwei, zweieinhalb

Stunden in ihre Wohnung gespäht hatte. Spioniert, stimmt. Dann ging er zurück in die Ecke, wo der kleine, antike Damensekretär stand, und lupfte den Deckel des kostbaren Intarsienkästchens und siehe da, wieder lag ein Fünfhundertmarkschein darin. Der alte oder ein neuer?

»Dein Exmann?«

Moni nickte nur stumpfsinnig. Hatte keinen Sinn, mit ihm in diesem Zustand zu streiten. Dann rannte sie wieder in die Küche, um auch sich ein Bier zu holen.

»Und wenn! Was geht's dich an!« gab sie zurück. »Alle verdienen sich ihr Geld mit dem, was sie am besten können!«

Wußte er doch auch. Wütend packte er Moni nun am Schopf, warf sie auf die teure Couch. Ihre braunen Schultern lagen frei, ihre weißen Brüste bebten.

»Fünfhundert!« schrie sie, »Cash!«

Dann lachte sie wie eine Verrückte, dann schluchzte sie, dann weinte sie. Tonlos, trostlos.

»Verschwinde jetzt!«

Eberhard knallte die Bierflasche auf den Tisch, warf die Wohnungstür ins Schloß und raste zurück zur U-Bahn.

Wieder ein Abend kaputt, dachte er traurig, dann nuschelte er beschämt: »Tut mir leid, Moni, verzeih mir! Ich hab' dich doch lieb. Hilf mir dabei!«

Seine Mitreisenden schauten ihn kopfschüttelnd an. Beim »Magazin«, fiel ihm ein, lief jetzt die Rotation an. Eberhard ahnte, daß er fortan seine Moni immer seltener würde sehen können.

Wendig hatte ihm am Freitag bereits geraten, sich wieder einmal in der Montagskonferenz sehen zu lassen. Sein toller Biermann-Artikel, dröhnte er heiter, läge doch dann sicher im Kreuzfeuer der Kritik. Ho! Ho! Da Eberhard seit seinem Eintritt in die Redaktion vor bald zwei Jahren nur drei- oder viermal dieser Veranstaltung beigewohnt hatte, blickte er sich an diesem sonnigen Montagvormittag neugierig im Kreise der Kollegen und wenigen Kolleginnen um, als wäre er selber ein Neuling im Hause. Zugegeben, am Anfang genoß er es dazuzugehören. Zum »Magazin«, zum Kreis der Journalisten, die Bescheid wußten, die am Mythos des Blattes tüchtig mitarbeiteten, auf daß von dessen Glanz auch ein Funkeln auf sie abstrahlte.

Am Anfang, zugegeben, genoß er auch diese Montagskonferenzen, wo sich die Kollegen im Bewußtsein ihres sich im Moment am Kiosk wie von selbst verkaufenden »Magazins« so sophisticated stritten; mit dem bißchen Eifersucht im Ton, der den Plänkeleien die nötige Schärfe gab. Später blieb er dem Spektakel einfach fern.

Wie albern, dachte er, immer dieselben Gefechte, immer die gleichen Sottisen! Montags ab zwölf Uhr lauschte er lediglich noch dem Geplapper auf dem Flur seines siebten Stocks, wenn die Kollegen verschwitzt von der Konferenz kamen und Lob und Tadel noch einmal aufbereiteten.

Die Plätze, die sich an der Fensterfront und den Wandseiten des rechtwinkligen Raums entlangzogen, waren bereits von einem halben Hundert einfacher Redakteure besetzt. Sie wohnten dem Ereignis sozusagen als gewöhnliche Gläubige bei, als die Menge, die im Kirchenschiff auf ihren Einsatz wartet. Wie diese rutschte auch die Menge Redakteure unruhig auf ihren Plätzen hin und her, tuschelte mit den Nachbarn, paffte Zigaretten in die Runde.

Wie Weihrauch, dachte Eberhard.

Die Tür am Ende des Raums stand noch offen wie eine Sakristeitür; wie Meßdiener, eilig, nacheinander, kamen noch ein paar Ressortleiter herein; in gebührendem Abstand, wie zwei Diakone, die beiden Chefredakteure. Ihnen allen waren die Plätze am ovalen Tisch reserviert, der sich wie ein Altar in der Mitte des Raumes befand. Diese Montagskonferenzen gehorchten einem hehren Ritual. Papiergeraschel bereitete den großen Augenblick vor. Als endlich der Hohepriester eintrat, verstummte das Raunen im Saal. Jetzt konnte die Messe beginnen. Leise und langsam, unmerklich schwankend kam der Herausgeber den Gang entlang und steuerte seinen Platz in der Mitte des ovalen Tischs an.

Er hat bereits vom Meßwein gekostet, ging es Eberhard durch den Kopf, als er ihn auf seinen Stuhl plumpsen hörte.

Dann nahm Jahn – und wie auf einen unsichtbaren Wink hin auch das halbe Hundert Redakteure – die neueste Nummer des »Magazin« zur Hand.

Er setzte die Brille ab, schaute zunächst blind in die Runde, machte sich dann umständlich daran, die Seiten umzublättern, tonlos. Im Raum herrschte andächtiges Schweigen. Jahns Kopf mit dem kurzsichtigen Schieleblick neigte sich so tief auf die buntscheckigen Blätter, daß sein schütteres blondes Haar fast auf die Spalten fiel. Während Jahn dann mit belegter Zunge Stilbrüche, grammatikalische Ungereimtheiten und falsche Konstruktionen im Heft monierte, blickte sich Eberhard verstohlen in der unfrommen Runde um. Irgendeiner der Ressortleiter durfte nun seine Heftkritik vortragen, auf die er sich übers Wochenende hatte vorbereiten müssen. Lahm. Immer wieder von sinnlosen Einwürfen der anderen unterbrochen. Wendig hatte Eberhard einmal gestanden, daß er in der Nacht zu Montag nie schlafen könne, seit nunmehr fünfzehn Jahren. Auch heute erwischte Wendig die Kritik wieder unvorbereitet. Doch mit seinem ausladenden Gestus und der ihm eigenen rhetorischen Begabung ließ Wendig am Ende den Kritikaster blöde dastehen. Daß es dabei um seinen Biermann-Artikel gegangen war, hatte Eberhard nicht besonders interessiert.

Ein Ritual halt. Eine Zeremonie. Ein kindisches Spielchen für Erwachsene. Anspielungen waren hier gefragt, Witzchen, Peinlichkeiten. Montags hatten Possenreißer ihren Auftritt. Das einzige Funkeln ging lediglich von Jahns Goldrandbrille und der polierten Glatze des einen Chefredakteurs aus.

»Noch was?«

Nach Jahns mürrischem Blick in die Runde löste sich die Konferenz schnell auf. Gehet hin in Frieden. Anschließend fand die Speisung in der Kantine statt. Montag war quasi Feiertag beim »Magazin«.

»Heute nachmittag werde ich wieder Tennis spielen«, sagte sich Eberhard halblaut mit einem Blick aufs Wetter vor seinem Fenster. Zudem hatten sie ja bereits die Hallen stehen. Er fegte die Zeitungen und Zeitschriften des Wochenendes vom Schreibtisch und rief David im Klub an. Um fünf solle er sich, gut verpackt und bestens in Form, bei ihm einfinden.
Leise schlich sich Eberhard aus seiner Zelle, fuhr mit dem Aufzug in den Keller, wo er sein Fahrrad in der Tiefgarage an den roten Porsche des Motorredakteurs gelehnt hatte. Schwang sich drauf, stieg in die Pedale, um die leichte Steigung, die aus der Tiefgarage hinaus ins Freie führt, zu bezwingen, und fuhr dann mit dem Wind im Rücken Richtung Eppendorf.
Ich werde jetzt zunächst, dachte er wohlig entspannt, gemütlich den neuen »Spiegel« lesen. Mir einen Kaffee aufbrühen, ein Stück Kuchen genehmigen, dann ein Bad nehmen, ehe ich mich in den Klub begebe. Dann David schlagen.
Als er versuchte, Moni beim NDR zu erreichen, war ihr Telefonanschluß belegt. Bis heute hatte er ihr nichts von Jahns Vorschlag gesagt. Wahrscheinlich fürchtete er Monis allzu schnelle Zustimmung. Aber vermutlich wußte sie schon längst davon. Auch egal.

Scheiß Hallentennis! Beim Match kann man sich mit dem Gegner einfach nicht verständigen. Die Akustik in der aufgeblasenen Halle vervielfacht jeden Ton, fast schmerzhaft klingt das Plopp-plopp in den Ohren. Und das Licht! Tausend Reflexe, wenn man einen Aufschlag macht. Wenn man müde ist, sieht man den Ball meist viel zu spät auf sich zukommen. Aber zugegeben: besser als überhaupt kein Tennis. Wo war nur seine Kondition geblieben? Nach dem Match mit David schmerzten seine Beine schon wieder so sehr, daß er sich bei »Schwender's« am Großneumarkt setzen mußte. Auf einen der Hocker am Tresen natürlich. Da hinten saß ja auch Hartter, der Kollege. Als er Eberhard an der Theke gewahr wurde, stand er mit seinem Glas einfach auf und stellte sich neben ihn.

»Gräm dich nicht«, sagte Hartter, »ich kenn den Alten, ich kenne Jahn. Der wird deine Moni bald wieder nach Hause schicken.«

Sieh mal an: sein Gefühlsleben war bereits Stadtgespräch.

Als er sein verdutztes Gesicht sah, beeilte sich Hartter hinzuzufügen, daß er das ganz anders gemeint habe, daß es Jahn nie lange bei einer Frau ausgehalten habe.

»Oder die bei ihm.«

Hartter verspritzte sein Gift gerne beiläufig. Jenen, die ihm nutzen konnten, ging er um den Bart, die ihm schaden konnten, bekämpfte er auf diese stichelnde Weise. Hartter brachte Gerüchte und Unwahrheiten in Umlauf, Rufmord war sein liebstes Geschäft. Ein Intrigant.

»Ich mag dich wirklich, Eberhard.«

Der feiste, gute, alte, böse Hartter drückte Eberhard so fest an sich, daß dessen säuerlicher Geruch noch lange an seinem Pullover haften blieb.

»Stinktier«, murmelte Eberhard ihm nach, als Hartter bezahlt hatte und wie ein Wiesel verschwunden war.

»Kröte!«

Bald war er allein in dieser öden Kneipe. Er bestellte sich noch ein Bier und traf Anstalten, sich in einer uferlosen Brühe von Alkohol versinken zu lassen. Wie einer, der in selbstmörderischer Absicht ins Wasser gehen will. Montags war es immer so leer bei »Schwender's«, die üblichen Nachtschwärmer mußten sich vom Wochenende erholen.

»Was schulde ich?« fragte Eberhard den Barmann.

Eine Stunde hatte er wohl schweigend in den Raum gestiert. Alle paar Minuten war er zum Telefon gegangen, Moni anzurufen. Fehlanzeige.

»Heute dreiunddreißig Märker.«

Tatsächlich, das Arschloch hinter der Theke sagte Märker. Die konnte er gerade noch aus seinen Taschen fischen. Dann wandte er sich grußlos ab und verließ das Lokal. Jetzt Richtung U-Bahn. Die nächste Haltestelle konnte man bequem zu Fuß erreichen. Das würde ihm guttun. Sein Fahrrad könnte er bei »Schwender's« angekettet stehenlassen. Sogleich fuhr ihm der Wind unter den Mantel, ein lautes Rauschen erfüllte die Luft. Verdammter Wind! Noch stand er unschlüssig bei seinem Fahrrad. Ein Schatten trat aus »Schwender's«, wahrscheinlich der allerletzte Gast. Dann machte sich Eberhard schnell auf den Weg, die womöglich letzte Bahn zu erreichen. In dem Dunst hallten seine Schritte nur schwach von den Häuserwänden wider. Sein Atem wehte

ihm wie eine Fahne vor dem Gesicht. Wieder einmal ein, zwei Glas zuviel getrunken. Oder auch mehr, egal.
Nach der ganzen Schweigsamkeit dieses Abends war ihm plötzlich nach Gesellschaft zumute. Ob er Jahn einfach anrufen sollte? Der hatte ihn doch erst neulich gebeten, öfter hochzukommen zu sich in den dreizehnten Stock. Und Jahns geheime Privatnummer stand seit ihrem gemeinsamen Urlaub in seinem Büchlein. Eberhard trat entschlossen in die Zelle, die sich unterhalb des Springer-Hauses in der Kaiser-Wilhelm-Straße befand, warf die Groschen ein, die er seit »Schwender's« parat hielt, und wählte Jahns Nummer. Einmal, zweimal, dreimal klingelte es, dann hob jemand ab.
»Ja. Bitte.«
Vor Verlegenheit fing Eberhard zu stottern an.
»Sind Sie verrückt geworden? Mitten in der Nacht?«
Mehr nicht. Dann legte Jahn einfach auf.
Obwohl er angesoffen war, spürte Eberhard die Peinlichkeit der Situation. Richtig heiß wurde ihm. Jahn hatte ihn gesiezt. Alles vergessen!
»Na warte«, sprach Eberhard laut zu sich selbst. »Bürschchen!«
In der grauen Kaiser-Wilhelm-Straße brannte nirgendwo mehr Licht. Nur in Springers hoher Eingangshalle. Auf dem Dach flatterte die schwarz-rot-goldene Flagge verloren im Wind.
»Na warte, Bürschchen!«

Die Laternen gaben nur ein fahles Licht, ob die über Nacht heruntergedreht wurden, mit so einem Dimmer? Gegen das diffuse Leuchten vom Hafen erhoben sich die Stelzen der U-Bahn stählern-schwarz. Ganz langsam kroch eine schwach beleuchtete Bahn aus dem Tunnel vom Rathausmarkt und fuhr in den Bahnhof Rödingsmarkt ein und dann weiter Richtung St. Pauli.
»Nicht meine Richtung. Doch gleich wird die Gegenbahn einfahren, schnell, jetzt mußt du dich beeilen, mein Bester!« murmelte er vor sich hin.
Zwei Stufen auf einmal nehmend, erreichte Eberhard den Bahnsteig, auf dem ein paar komische Vögel Flaschen kreisen ließen. Auf dem gegenüberliegenden Bahnsteig hatte der Zug die letzten Fahrgäste aufgelesen und entschwand gerade in der Kehre am Hafen und ließ, nur Sekundenbruchteile lang ein paar rote Schlußleuchten in der Dunkelheit stehen. Bis auf den Lärm der Freaks war nun auch dieser Bahnsteig still und leer. Hinter ihm kam nur noch ein Mantelmann die Treppe herauf. Der Typ aus der Kneipe? »Schwender's« letzter Gast? Eberhard tat noch ein paar Schritte zur Markierung »Kurzzug« hin. Er balancierte ein wenig an der Bahnsteigkante, pfiff ein Liedchen – »Lilli Marleen, vor der Kaserne, vor dem großen Tor« –, das die Freaks aufhorchen ließ. Einer von denen warf Eberhard eine leere Bierbüchse zwischen die Beine, den Scherz quittierten die anderen mit häßlichem Gelächter.
Eklige Typen. Vorsicht, nicht ausflippen! Die sind in der

Lage, dich vor den einfahrenden Zug zu stoßen, mümmelte Eberhard sich zu.

Von weitem näherte sich endlich der zitternde Wurm, die letzte Bahn nach Eppendorf.

Mal sehen, ob der Zugführer ein Warnsignal gibt, dachte Eberhard, und tänzelte weiter, näher an der Kante entlang.

Da kullerte noch eine leere, schmierige Likörflasche heran, Eckes Edelkirsch, pfui Deibel. Eberhard versuchte, die Flasche aus dem Weg zu kicken, trat ungeschickt darauf, glitt auf ihr aus, fiel auf seinen Hintern und rutschte dann die Bahnsteigkante hinunter, gab endlich einen Schrei von sich, hörte ein Signal, schrecklich nahe, dann Quietschen, das in den Ohren weh tat, und sah Funken sprühen. Dann spürte er einen leichten, merkwürdig sanften Stoß an der Schulter, der ihn dennoch weit nach vorne auf die Gleise schubste. Über ihm blendeten die Bahnsteiglichter. Unten, auf den nassen Gleisen, hatte er sich wohl in eine kurze Ohnmacht geflüchtet, so wenig nahm er von dem wahr, was um ihn herum vor sich ging. Er sah Gesichter über sich gebeugt, Hände fuchteln, er hörte Geschimpfe und jemanden sagen: »Der Mann ist ja total betrunken. Der ist mir direkt vor die Räder gesprungen.«

»Jetzt muß die Polizei her«, sagte ein anderer.

»Hat man schon den Rettungswagen gerufen?«

Die paar Figuren, die in der letzten Bahn gesessen hatten, waren alle auf dem Bahnsteig versammelt, auf den zwei Männer Eberhard gezerrt hatten. Seine Hose war naß und dunkel von den feuchten Schienen und schmierig vom Öl oder vom Likör, der noch aus der Flasche geflossen war. Vielleicht hatte er sich auch vor Schreck bepißt. Er sah sich schwerfällig nach den Zechbrüdern um, konnte aber keinen mehr entdecken. Auf einmal beschlich ihn ein Gefühl von Scham, trostlos, zum Heulen. Der Fahrer der U-Bahn hatte ihm eine Decke umgehängt, in den Scheiben des Hochbahnhofs flackerte das Blaulicht des sich nähernden Rettungswagens. Blaulicht! Furchtbar! Das Stimmengewirr um ihn herum summte in seinen Ohren so, als hätte es sich mit dem Eintreffen der Sanitäter gesteigert. Ein dissonantes Konzert. Zwei junge Sanitäter kamen die Treppe des Bahnhofs heraufgehetzt, hatten eine große Tasche und noch eine Decke dabei.

»Nichts passiert.«

Das einzige, was Eberhard über die Lippen bringen konnte, wiederholte er ständig:

»Nichts passiert.«

Aber der Satz ging in dem Lärm unter. Dann wollte er aufstehen und einfach weggehen. Aber zuerst mußte er dem Fahrer der Bahn seine Personalien angeben. Dann packten ihn die Sanitäter in ihr Auto, einen hellen, immerzu blaublinkenden Mercedes und fuhren ihn nach Hause, wie nett.

»Ich muß kotzen!«

Dann drehte er sich zur Seite und gab einen Schwall Bier und Wein von sich sowie die Reste seiner Abendmahlzeit, eine Bulette mit Senf, die er noch im Tennisklub zu sich genommen hatte.

»Das wird Sie teuer zu stehen kommen«, sagte der Beifahrer nur streng zu ihm und schloß mit einem Ruck das Schiebefenster zwischen sich und seinem Kollegen und Eberhard in seinem Elend.
Zu Hause war es still und leer und dunkel. Eberhard zog sich nur die Schuhe und die Hose aus, warf sich in Hemd und Pullover auf die Matratze. Endlich hatte sein Magen aufgehört zu zittern, registrierte er noch. Ach, Moni. Dann fiel er in seinen üblichen schweren Schlaf.

Sie sind zum Abendessen im Fernsehturmrestaurant an der Rentzel-Straße verabredet, Eberhard und sein kleiner Chef Jahn. Jahn sprach von einer wichtigen Mitteilung. Mitteilung?
Für neun Uhr hat Jahns Sekretärin, die nette Frau Wiebke, einen Tisch reservieren lassen. An dem sitzt Eberhard bereits seit einer halben Stunde, als er Jahn hinten an der Garderobe mit dem Garderobenmädel schäkern sieht. Schnell trinkt er seinen Aperitif aus, den sie ihm aufgeschwatzt haben, und steht auf, um Jahn zu sich zu winken.
Hamburg liegt mehr als einhundert Meter unter ihm, erleuchtet wie ein großer Schaltplan. Auf den Ausfallstraßen stauen sich die Lichter, nichts geht mehr. Von der gegenwärtigen Stellung des rotierenden Aussichtsrestaurants kann man weit elbabwärts blicken bis nach Wedel. Das Restaurant dreht sich einmal in der Stunde um seine eigene Achse. Wenn man die Fensterbank im Blick behält, kann man die leichte

Bewegung mit bloßem Auge erkennen. Das macht ihn auf einmal schwindlig, jetzt fällt ihm wieder die Szene ein, in der Jahn Anke mit dem Fangnetz im Swimmingpool traktiert, kleiner Killer. Hoffnungsloser Retter. Als Jahn von der Garderobe auf ihn zu kommt, wirkt er so harmlos in seiner beigen Spießerjacke und dem offenen Kragen. Eberhard grinst in seine Richtung und hat nicht vor, sich heute abend von Jahn ins Bockshorn jagen zu lassen. Das Restaurant hat sich bereits in Richtung Flughafen gedreht, man sieht die ankommenden und abfliegenden Maschinen mit ihren aufgeblendeten Scheinwerfern am Horizont und wie sie beschleunigen und abheben und im Nachthimmel verschwinden, winzige Pünktchen mit einer Ladung richtiger Menschen an Bord.
»Sieh mich an, wenn ich mit dir reden will«, fährt Jahn ihn an.
Sieht er, was Eberhard vermeidet, zur Kenntnis zu nehmen? Seit einigen Wochen lebt Eberhard in den Tag hinein wie ein Mensch ohne Pflichten und Aufgaben. Er tut alles nur noch unregelmäßig, ißt unregelmäßig, wechselt seine Kleider nur noch sporadisch, rasiert sich immer nur dann, wenn ihm sein umschattetes Gesicht selber auffällt. Sein Schnauzer wächst ihm fast bis in den Mund, nikotingelb, zerfressen. Kalorien nimmt er fast nur noch in flüssiger Form zu sich, Bier, Wein, Schnaps, Prost. In dieser Zeit ist Eberhard hager geworden, grauer und gebückter. Unter der verblassenden Sonnenbräune bleibt ein gelber Teint zurück. Bei den seltenen Mahlzeiten, die er zu sich nimmt, klirrt das Besteck leise in seinen

Händen, so daß er dazu übergeht, das Zeug, das auf dem Teller liegt, kleinzuschneiden und es mit einer Hand zum Mund zu führen.

»Stürzt der bald ab?« fragt einmal einer der Chefredakteure mit Blick auf den am Nebentisch in der Kantine hockenden Redakteur Schütz. Und Wendig nickt dazu gehorsamst im Takt.

»Sieh mich an, wenn ich mit dir reden will!«

Eberhard wendet nun den Lockenkopf seinem Chef zu und hebt theatralisch die Augenbrauen.

»Ich werde deine Freundin Moni heiraten«, kommt es nun herrisch, schneidend von der anderen Seite des Tisches. »Ich hoffe, du hast nichts dagegen.«

Cool.

»Laß von nun an die Finger von ihr! Verstanden?«

Eberhard zeigt keine Reaktion, Jahn sitzt ein Stummer gegenüber. Als er sein Glas zum Mund führt, verschüttet er zunächst einmal die Hälfte.

»Weiß du nicht, daß Moni schwanger ist? Von mir!«

Eberhard wischt sich immer noch mit der großen, weißen Damastserviette das bekleckerte Kinn ab, schüttelt immerzu den Kopf, läßt die Locken tanzen. Als ob er sagen wollte: Bitte noch einmal von vorne!

»Willst du uns nicht beglückwünschen?« fragt nun der »Magazin«-Herausgeber höhnisch.

Eberhard steht einfach auf, läßt Chef und Essen und Trinken stehen, läßt seinen Mantel an der Garderobe zurück, hat nur noch das Bedürfnis, an die Luft zu kommen. Nach draußen! Nach draußen! In die windigen Höhen des sich andauernd drehenden Fernsehrestaurants. Atem schöpfen. Hirn durchblasen lassen. Jahn, irritiert, hetzt Eberhard nach. Draußen auf dem Gang versucht er, ihn zu grapschen, doch Eberhard schüttelt ihn ab wie einen lästigen Kumpel.

Höher, höher, denkt er nur, während er die Stufen hinaufhastet, die zum obersten Stockwerk des Turms führen. Dahin, wo die Fernmeldeanlagen installiert sind, die Antennen und die Schüsseln für Telefon und Fernsehen und Spionage. Endlich liegt die ganze Lichterpracht des Hafens unter ihm, eine fantastische Nacht voller funkelnder Lampen und Sterne. Eberhard rennt in den inneren, geschlossenen Kreis des Turms und pocht in Panik an die Scheiben, Türen, Scheiben, Türen, die ihn vom Draußen noch trennen.

Raus, raus, pocht sein Herz, raus, raus! Wie viele von hier aus wohl den letzten Sprung schon getan haben? Tatsächlich, hier ist die gläserne, von einem Metallrahmen eingefaßte Tür. Sie dient den Glasreinigern zum Ausstieg in ihre wackligen Gondeln. Oder den Installateuren für Reparaturarbeiten an den Antennen. Oder den Leuten, die den großen Abflug machen wollen. Hier kann man raus, wenn man einen Vierkantschlüssel hat. Und einen Vierkantschlüssel hat ein Radfahrer immer zur Hand. Eberhard jedenfalls. Hektisch fummelt Eberhard jetzt diesen Schlüssel heraus, versucht ihn in das Eisen einzupassen, hört von unten Jahn schnaufen, den Säufer, die Tennisflasche.

Schnell, schnell, hoffentlich paßt mein Vierkant!
Das Eisen paßt genau in die Füllung, läßt sich leicht drehen, die Tür springt auf, nach außen, Gott sei Dank, und Eberhard tritt hinaus auf die letzte, oberste Plattform. Er tritt auf ein metallenes Fußgitter, das von einem kaum brusthohen Schutzgitter umgeben ist.
Am Horizont flimmert es immer noch so verlockend, unten tut sich nur ein schwarzes Loch auf, mindestens einhundertzwanzig Meter tief. Angst vorm Fliegen?
»Nein!« schreit Eberhard, schwingt sich über die Brüstung, breitet die Arme aus wie Batman und sackt zunächst einige Dutzend Meter in die Tiefe, daß es ihm wie mit Nadeln in die Eingeweide fährt. Ehe er elegant wie ein Vogel in Richtung Flughafen Fuhlsbüttel segelt. Mit Federleichtigkeit, das spürt er sogar in diesem Alptraum, schwebt er zum Flughafen, dessen Landebefeuerung wie eine Kette Diamanten funkelt.

Dann wachte er auf, in einem Bad aus Schweiß liegend.
»Wo? Wer hat mich nur nach Hause gebracht?«
Die letzten Stunden fehlten einfach in seinem Gedächtnis. Eberhard schleppte sich von der Matratze, pissen. Dann warf er sich zwei Aspirin ins Glas und leerte den Wundertrunk auf einen Zug. Spülte noch mit einem kräftigen Schluck nach. Lieber Gott, mach, daß es dich gibt! Guter Jahn. Böser Jahn. Langsam dämmerte ihm.
»Will mir einfach die Frau wegnehmen. Diesen Abend muß ich richtig tüchtig abschütteln«, murmelte er.

Schluß.
Kein »Ende«.
Kein neues Blatt.
Ein Fragment?
Der Kriminalist Pieter Jarosch legte den Packen Papier beiseite und massierte sich mit den Händen sein Gesicht, mit den Fingern fuhr er sich über Stirn und Augen. Schlechtes Licht herrschte an diesem merkwürdigen Arbeitsplatz. Er sah auf seiner Uhr, daß er hier Stunden gelesen hatte.
Was?
Was ist das hier, fragte sich der Polizist. Ein Entwurf für einen Roman? Eine Art Reportage? Oder gar eine Enthüllungsgeschichte? Sagt man so? Ein Schlüsselroman?
Er drehte den ganzen Packen noch einmal um, legte ihn vom Gesicht sozusagen auf den Rücken, buchstabierte noch einmal den Schriftzug auf dem weichen Pappkarton: »Der Menscheneigentümer«. Eine Geschichte ohne Ende, womöglich mit einem Anfang, ganz gewiß mit einem Zentrum. Einem Unfall in einem Swimmingpool. Oder einem Totschlag? Jarosch notierte sich das Datum, 21. September, sowie den Namen der Toten, Anke Jahn-Faerber, Exgattin des bekannten »Magazin«-Herausgebers. Dann, als Zeugen, Eberhard Schütz, verstorben, Moni Asmussen. Dann schrieb er noch ein kurzes Protokoll über das denkwürdige Eintreffen des Ex-»Magazin«-Reporters Wolf Hartter in der Nacht des 11. Oktober in der Wohnung von Eberhard Schütz im Eppendorfer Falkenried. Gestern.

»Heute ist Sonntag«, seufzte der Polizist.

Kein Ausruhen, kein Lesen, kein Nachdenken. Morgen würde er sofort bei der Staatsanwaltschaft die Akte Anke Jahn-Faerber bestellen. Dann notierte er sich noch: Montag, Jahn beim »Magazin« aufsuchen!

9.

Als Jahn von Eberhards Tod erfuhr, weinte er. Pieter Jarosch stand am Fenster, schaute zum Hafen hinüber und ließ den mächtigen Herausgeber des »Magazin« sich fassen.

»Entschuldigen Sie, daß ich die Contenance verloren habe.« Irgendwie war es ihm draußen auf der Toilette gelungen, sich wieder in Form zu bringen. Trotzdem, fand Jarosch, sah der Mann ungesund aus, aufgedunsen.

Biertrinker, dachte er.

»Soll das jetzt ein Verhör werden?«

Jahn, ganz kühl, hatte seine Gefühle wieder unter Kontrolle.

»Nein. Nur ein paar Fragen zu einem merkwürdigen, plötzlichen Todesfall. Sie wissen schon ...«

Dieses geistesabwesende Nicken, das sie alle haben. Jahn ließ sich wieder hinter seinem großen Schreibtisch nieder und bat den Polizisten in einen gegenüberstehenden niedrigen Sessel, in dem man drinhockte wie ein Bittsteller, die Knie fast an den Ohren. Rollenwechsel.

»Erzählen Sie mir bitte, wann und wie Sie sich von Herrn Schütz, Ihrem ehemaligen Redakteur, getrennt haben. Und warum«, fügte er noch hinzu.

»Sein Tod ist etwas obskur. Könnte Schütz Suizid begangen haben?«

»Weiß' nicht.«

Jahn stutzte, zögerte, zuckte mit den Schultern. Ein neuer Aspekt? Dann begann er zu erzählen, wie er Eberhard vor mehr als drei Jahren kennengelernt hatte, was er als Tennislehrer taugte. Wie er dann Schütz fürs »Magazin« als Redakteur gewonnen hatte. Wie Schütz schnell zum Starschreiber avancierte, zur »Edelfeder«, wie man in diesen Kreisen sagte.

»Dann gab es andauernd Streit da unten«, meinte der Herausgeber, »in der Kulturredaktion.«

»Streit um Schütz?«

»Neid, Mißgunst, Eifersüchteleien. Sie wissen schon.«

»Nein. Meinen Sie Eifersucht zwischen Ihnen beiden? Um dessen Freundin Moni, etwa?«

Jahn zuckte. Begann, unsichtbare Flusen vom Schreibtisch zu schnippen. Nahm dann die Brille ab, ein Trick der Kurzsichtigen, um der Wahrheit nur noch verschwommen ins Auge blicken zu müssen.

»Eifersucht? Wie meinen Sie das, bitteschön, Herr Polizist?« Gelegentlich pflegte Jahn diesen hanseatisch nöligen Ton.

»Sie hatten doch ein Verhältnis mit der Freundin von Eberhard Schütz.«

»Woher wissen Sie das?« brauste Jahn auf.

»Wir haben bei Schütz ein Manuskript gefunden, das dieses Verhältnis recht genau beschreibt. Übrigens auch Ihr Verhältnis zu Herrn Schütz«, fügte Jarosch noch an.

»Ein Manuskript? Was für ein Manuskript?«
»Ein Manuskript eben. Was ein Manuskript ist, werde ich Ihnen doch nicht erklären müssen!«
Jarosch erhob sich aus dem ungemütlichen Sitz vor Jahns Schreibtisch.
»Überlegen Sie sich in Ruhe Ihre Antworten«, sagte er zu dem plötzlich müde wirkenden »Magazin«-Herausgeber. »Ich rufe Sie in den nächsten Tagen einmal an. Wenn Sie noch so freundlich wären und mir die Adresse und Telefonnummer von Fräulein Monika geben würden ...«
Er sagte doch tatsächlich »Fräulein Monika«.
Jahn schmierte ihm das Gewünschte auf einen Zettel und bat seine Sekretärin, den Polizisten hinauszubegleiten. Als sich die schwere Tür hinter dem Beamten schloß, stöhnte Jahn auf. Faßte sich mit der rechten Hand an die Stirn, strich sich dann über das dünne Haar. Aus dem Archiv ließ er sich noch einmal das Interview schicken, das Eberhard vor ein paar Jahren mit Arthur Koestler geführt hatte.
»Mein Tod soll meine Sache sein.«
Vielleicht fand er darin irgendeine Erklärung.

Pieter Jarosch war ein wuchtiger Mann. Groß und breit, wirkte er ein wenig unbeholfen, wie es stattlichen Menschen oft eigen ist. Als er im Aufzug aus Jahns Etage nach unten fuhr und seine Mitreisenden betrachtete, fiel ihm auf, wie verschieden sich die Leute hier gaben, wie anders als etwa in seinem Polizeihochhaus. Die jungen Sekretärinnen waren alle viel hübscher als drüben beim Strohhause, die älteren gepflegter, eleganter. Teure Parfums! Die Kerle taten so gewandt, so lässig in ihren Leinensakkos, Kaschmirjoppen und Seidenanzügen mit den bunt gestreiften Hemden darunter und den handgefertigten, verzierten Schuhen an den Füßen. Hier roch es nicht nach Schweiß und Filterzigaretten, sondern nach Leder, Aftershave und Eleganz. Auch die Pförtner taten so herablassend, als er seinen Besucherausweis zurückgab. Sicherheitsdienst, dachte der Polizist, als man seinen Schein mit einer Uhrzeit stempelte und in die Ablage tat. Simples Prinzip. Jarosch hob die Hand ironisch zum Gruß und verließ das Haus durch diese komische Drehtür.

Verleger, Heftchenverkäufer, Drucker, Anzeigenvertreter, Schreiberlinge. Von solchen Leuten ließ er sich noch lange nicht ins Bockshorn jagen. Wenn er auch manchem wegen seiner sparsamen Art etwas behäbig vorkam. Holsteiner von Geblüt wie Jahn. Jaroschs Vorfahren kamen aus den Niederlanden, daher sein ungewöhnlicher Vorname Pieter.

»Peter mit 'nem i«, sagte er immer ein wenig stolz. Jarosch hörte lieber zu, als daß er palaverte, nickte eher, als daß er »ja« sagte. Sein Trick, um noch aus dem Verstocktesten etwas herauszuholen beim Verhör.

Jarosch war einer von den zeitgemäßen Kommissaren, die in Jeans und Lederjacke, nicht mehr im Wettermantel wie ihre Vorgänger die Untersuchungen machten. Genau wußte man bis heute nicht, wer diesen Habitus von wem übernommen hatte: die Fernseh-Polizisten von den richtigen oder die richtigen von Schimanski und Co.?

Heute nachmittag würde er sich die Akte über den Todesfall Anke Jahn-Faerber vornehmen, zu Hause, bei sich in Hamburg-Jenfeld, gemütlich bei einer Tasse Kaffee und einem süßen Stückchen. Auch Beamte haben ihre Freiräume. Während er auf den Boten wartete, der ihm das Dossier bringen sollte, gingen ihm Gedanken an den Toten durch den Kopf, den er erst vorgestern kennengelernt hatte. Wie der wohl ausgesehen hatte? Was das für ein Typ war? Sportler oder Schreiberling? Tennislehrer oder Redakteur? Tennis. Was für ein merkwürdiges Zusammentreffen. Auch er, Pieter Jarosch, hatte erst neulich mit diesem Spiel begonnen und war sogleich dafür entflammt. Übrigens zum Spott seiner Kollegen, von denen viele diesen Sport immer noch als Nobelbetätigung der Reichen ansahen. Die spielten lieber Handball oder Volleyball, die typischen Vergnügungen im öffentlichen Dienst. Jarosch hatte im letzten Sommer auf der Kommerzanlage in Steilshoop bei Witt Tennis gelernt. In der kleinen Gruppe mit einem Lehrer ging das ganz gut. Dabei lernte er vor allem, daß er Talent zum Tennis hatte und es nicht wieder aufgeben würde. Wie hieß noch das Buch, das in dem Manuskript des Toten vorgekommen war? »Die Tennisspieler«. Von einem Skandinavier, Schweden oder so.

Werde ich mir gleich besorgen, dachte der Polizist. Aber zunächst mußte er versuchen, der Wahrheit um die beiden Toten näher zukommen.

Die Akte Todesfall Anke Jahn, geborene Faerber, geboren am soundsovielten Neunzehnhundertblabla in Hamburg, gestorben am 21. September neunzehnhundertsoundso auf der Mittelmeerinsel Dingsda, überflog er schnell. Als Todesursache war Herzstillstand angegeben, womöglich infolge eines Schocks. Blabla. Alkolhol sei im Spiel gewesen, die Dame, stand in der Akte, galt als Drogenkonsumentin. Obduziert und unterzeichnet von einem Professor Doktor. Assistiert hatte noch ein Doktor. Und so weiter. Das weitere medizinische Kauderwelsch war ohne Interesse für den Kriminalisten. Schade.
Doch ohne diesen Stempel, dachte Jarosch noch, hätte Jahn seine Exfrau nicht so schnell einäschern lassen können. Noch einmal nahm er sich das Manuskript vor, das er in Eberhard Schütz' Wohnung gefunden hatte. Suchte die Szenen von der Insel. Dichterische Freiheit oder Wirklichkeit? Auch darüber würde ihm Jahn Auskunft geben müssen.

Ein bißchen verlottert, dachte Pieter Jarosch, als er mit seinem Auto auf den Parkplatz des Tennisklubs am Hofweg fuhr. Ein bißchen wie bei Witt in Steilshoop. Aber wenn die aufgeblasenen Hallen über den Plätzen stehen, wirken alle Tennisanlagen so verwahrlost. Jetzt, im Herbst, begannen überall die neuen Winterkurse.
Mal sehen, ob ich hier noch einen erwischen kann.
An der Theke des Klubrestaurants lümmelten ein paar Figuren herum, rechts von der Bar ging eine Tür in einen Neben-

raum ab. »Büro« stand in diesen dämlichen Westernlettern darüber. Nach leichtem Klopfen trat Jarosch einfach ein und sah einem jungen Mädchen zunächst einmal beim Telefonieren zu. Sie saß hinter einer hohen Theke, die den kleinen Raum fast verstellte. Telefonierte immer noch. An der Wand links von der Tür, der Theke gegenüber, hing eine Pinnwand, auf die Fotos der im Klub schulenden Tennislehrer geheftet waren. David Cooper hieß einer, ein kleiner, grinsender Kerl. Dieter Wenz stand unter einem anderen der Fotos. Dann war da ein Gruppenbild, offensichtlich während eines Klubturniers aufgenommen. Daneben, ein zähnebleckendes Grinsen im Gesicht, Eberhard Schütz. Dahinter, in einer Klammer, ein Kreuz.

Es hatte sich bereits bis hier herumgesprochen. Klar, neulich in der »Bild«-Zeitung kam ein Artikel mit Foto, rotem Balken, kurzem Text: »Toter Redakteur! Zwei Wochen in der Wohnung!« Der Griesgram auf dem Foto der »Bild«-Zeitung hatte wenig mit dem hier an der Wand gemein. Üppiges Lockenhaar, gebräunter Teint, sehnige Arme, muskulöser Hals. In der Rechten hielt er, nein, keinen Tennisschläger, sondern eine Zigarette. »Trainer für Raucher« hatte ein Spaßvogel daneben gemalt. Und ein Kreuz.

»Sie wünschen?« hörte er das Mädchen von hinter der Theke fragen.

Jarosch drehte sich halb zu ihr um, deutete auf das Bild von Eberhard Schütz und fragte unschuldig: »Ist der Pfarrer? Oder warum das Kreuz?«

Das Mädchen lief rot an, schüttelte wie benommen den Kopf, als ob sie andere Gefühlsregungen unterdrücken wollte.
»Tot«, sagte sie. »Wir haben es gestern erst erfahren.«
Jarosch zuckte mit den Schultern, wandte sich ihr ganz zu, lehnte sich an den Tresen und fragte nach der Möglichkeit, sich noch für diese Saison zu einem Tenniskurs anmelden zu können. Fortgeschrittenenkurs, betonte er.
»Sieht schlecht aus«, meinte sie zunächst.
Sie zog aus der Schublade ein paar großformatige Blätter, auf denen Tabellen, Zeiten, Plätze und Namen notiert waren. Schwierige Materialien, die sie lange studierte.
»Ich könnte Ihnen noch einen Gruppenkurs anbieten. Donnerstags, siebzehn Uhr. Geht das bei Ihnen?«
»Ja. Ja.«
Doch zunächst müsse sie telefonisch nachfragen.
»Geht okay. Alles klar.«
Alles klar. Das sagten sie jetzt überall und immerzu.
»Tragen Sie bitte Ihren Namen ein, und füllen Sie den Vordruck aus. Der Kurs dauert acht Wochen, das sind sechzehn Stunden Tennis für 320 Mark.«
Er könne bar oder mit Scheck bezahlen oder bis in spätestens acht Tagen das Geld überweisen lassen.

»Die Tennisspieler« von Lars Gustafsson, schwedischer Autor, nie gehört. »Pflichtlektüre in meinen Kursen« hatte Eberhard Schütz geschrieben, witzig. In der Mittagspause würde er sich das Buch besorgen, ging es Jarosch durch den

Kopf, als er durch Winterhude zum Berliner Tor fuhr, immer geradeaus. Doch zuvor hatte er noch einen Anruf bei Schütz' ehemaliger Freundin Moni zu erledigen.

»Hallo.« Mehr nicht. Nur »Hallo« kam vom anderen Ende der Leitung.

»Hier spricht Pieter Jarosch von der Hamburger Polizei«, sagte er möglichst behutsam in die Muschel. »Ich untersuche den Todesfall Eberhard Schütz. Könnten wir uns in den nächsten Tagen einmal unterhalten?«

Schweigen, kein Ton. Die am anderen Ende hatte den Atem angehalten.

Dann kam wie von weit her, ganz langsam und leise, die Stimme einer nicht mehr ganz so jungen Frau: »Was wollen Sie von mir wissen?«

Angenehm dunkel im Klang, eine Stimme mit Volumen.

»Kein Verhör«, sagte der Polizist geschwind, »nur ein paar Fragen über Herrn Schütz. Über das Leben, das er geführt hat, über seine Freunde und Bekannten, seine Arbeit, was er sonst noch so tat und dachte und so weiter. Dazu würde ich Sie gerne treffen«, sagte Jarosch im selben Atemzug. »Paßt Ihnen morgen nachmittag zwischen fünf und sechs Uhr? Ich komme bei Ihnen vorbei. Eilenau, stimmt doch?«

»Ja«, sagte Moni nur und legte auf.

Schwierige Person, dachte der Polizist. »Mal sehen, ob ich noch Spezielles aus dem Manuskript erfahre«, nuschelte er vor sich hin.

Moni entsprach ziemlich genau dem Bild, das sich Pieter Jarosch nach der Lektüre des Manuskripts von ihr gemacht hatte.

»Was grinsen Sie?« fragte sie ihn, als er in ihre kleine Wohnung trat.

»Ich versuche, freundlich zu sein. Sie wissen doch, daß man Polizisten immer mit Mißtrauen begegnet.«

»Einen Drink?«

Jarosch ließ sich ein Glas Weißwein einschenken und fragt Moni, wovon sie lebe.

»Von den Zuwendungen meines Exmanns. Davon kann ich gut leben. Außerdem habe ich bis vor kurzem noch gearbeitet.«

»Wo?«

»Im Verlag. Beim ›Magazin‹ im Archiv. Hat man Ihnen das denn nicht gesagt?« fragte sie naiv.

»Auch noch, als Herr Schütz bereits ausgeschieden war?«

»Auch dann noch«, sagte sie und meinte: »Na, wenn schon.«

Jarosch schaute sich in dem teuren Kram, den sie in ihrer Single-Wohnung zusammengetragen hatte, neugierig um; ein wenig anzüglich vielleicht sogar.

»Erzählen Sie mir bitte von Ihrem Verhältnis zu Herrn Jahn.«

Natürlich hatte Moni diese Frage erwartet, kühl blieb sie in ihrem Sessel sitzen, eine blasse, aparte Statue.

»Herr Jahn hatte eine Schwäche für mich, eine ernsthafte Schwäche. Er wollte mich heiraten.«

»Und Sie?«

»Ich war sehr unentschlossen. Ich war schließlich noch mit Eberhard zusammen.«

Sie beide seien ein Paar gewesen, kein gewöhnliches, übliches Paar, erzählte sie Jarosch ganz offen. Sie räumten sich gegenseitig viele Freiheiten ein.

»Eberhard hatte zum Beispiel nichts dagegen, wenn ich meinen Exmann traf.«

Ob die Schatulle wohl immer noch an ihrem Platz steht, fragte sich Jarosch. Er erhob sich, blickte aus dem Fenster auf den Kanal, auf das verbliebene, wenige Laub, auf die Kirche jenseits des Kanals und die sich dahinter reckenden weißen Hochhäuser.

»Schön haben Sie es hier.«

Auf dem Sekretär stand eine kostbare Holzschatulle.

»Wie hat denn Herr Schütz das Ansinnen von Herrn Jahn aufgenommen?«

»Stumm. Schweigend. Wie immer. Eberhard war keine Kämpfernatur.«

Keine Schlägernatur stimmt wohl eher, dachte der Polizist.

»Gab er denn gleich klein bei? Gab er Sie denn sofort auf?«

»Eberhard zog sich immer mehr zurück, entfernte sich immer mehr von mir. Und übrigens auch von Herrn Jahn. Eberhard sagte einmal: ›So sehr mag ich Jahn nun auch wieder nicht, daß ich die Frau mit ihm teilen möchte.‹ So wie ich ihn verstand«, erklärte Moni dem aufmerksamen Polizisten, »verehrte er Jahn sehr. Auf seine stille, verschlossene Art.

Eberhard teilte die Vorlieben zum Beispiel, die Jahn für Autoren oder Politiker oder Künstler hatte. Oder auch dessen Ansichten. Verstehen Sie, was ich sagen will?«

Jarosch verstand.

Erst buhlte Jahn um Eberhards Zuneigung, dann buhlte Eberhard um Jahns Liebe. Genauso drückte es Moni dem Polizisten gegenüber aus. Buhlte. Liebe.

»Aber Jahn hatte nur Augen für mich.«

Im Verlag, erzählte sie weiter, hatte man inzwischen begonnen, Eberhard zu demontieren, alles schlecht zu finden, was er schrieb. Es schlecht zu finden, wenn er viel schrieb, dann schlecht zu finden, wenn er wenig schrieb. Seine Anwesenheit zu beklagen, dann seine Abwesenheit.

»Traf das auf alle seine Kollegen zu? Ich meine, hieben alle auf Eberhard ein?«

Moni zuckte mit den Schultern.

»Eberhard sprach eigentlich immer nur von einem der Kollegen, von Wolf Hartter. Ich glaube, die beiden mochten sich nicht besonders. Er erzählte einmal, daß Hartter ihm vorgeworfen habe, er würde ihm immer die Themen wegschreiben. Ja, ›wegschreiben‹ habe Hartter gesagt.«

Jarosch nickte. Hartter. Wolf Hartter. Taucht doch immer wieder auf. Der wird mir noch vor die Flinte laufen.

»Und Wendig?«

»Ach, Wendig. Doktor Wendig«, tat sie nur. Der habe ihn ja letztlich hinausbefördert. Aber das, meinte sie, schien Eberhard gar nicht mehr zu berühren.

»Journalismus ist mein Hobby, Tennis ist mein Beruf«, das habe er immer gesagt. Und nach diesem lehrreichen Ausflug in den Journalismus würde er sich wieder ganz dem Tennis zuwenden. Ganze Tage, ganze Wochenenden verbrachte Eberhard auf der Anlage am Hofweg, seinem Klub, als wir begannen, uns zu entfremden. Er war ein Tennismaniak, verstehen Sie?«

Auch sie hatte sich immer weniger um ihn gekümmert, zugegeben. Sie hatte Verpflichtungen. Und einen wichtigen neuen Liebhaber. Und ein Problem: Sie war schwanger geworden, von wem der beiden, konnte sie selbst nicht mit Gewißheit sagen. Sie erzählte dem Polizisten, daß Eberhard sie gezwungen habe, einen Vaterschaftstest durchführen zu lassen. Sonst, habe er gedroht, würde er die ganze Geschichte an die Öffentlichkeit bringen.

»Erpressung?«

»Irgendwie schon«, meinte Moni.

»Und? Der Test?«

»Eberhard war der Vater, eindeutig.« Das Kind freilich habe sie nicht behalten können.

Aus dem kleinen Erkerfenster ihrer Wohnung schaute sie Jarosch dann nach, wie er in seinen langen Latschen langsam davonging, sich ein wenig in den Hüften wiegend.

Cowboy, lächerlich, dachte sie und zischte: »Schnüffler!«

Dann räumte sie, vorbildliche Hausfrau, die kleine Unordnung auf, die ihr dieser Besuch gemacht hatte. Sein Glas, ihr Glas. Spülte sofort ab. Die Flasche stellte sie zurück in den

Kühlschrank. Dem entnahm sie ein Stück Käse und biß herzhaft hinein. Der Lieblingskäse eines Freundes ihres Exmanns. Auch einer von denen, die sie noch regelmäßig besuchen kamen. Zum gemütlichen Beisammensein. Nicht umsonst, bewahre! Alles gab es bei ihr umsonst, nur keinen Sex. Gute Arbeit hatte schließlich ihren Preis, ganz einfach. Was konnte sie denn dafür, daß der Tennislehrer so empfindlich war. Jahn war da aus ganz anderem Holz geschnitzt. Auf Jaroschs Frage, ob sie sich vorstellen könne, daß Eberhard Selbstmord begangen habe, hatte sie schnell mit Nein geantwortet: »Auf keinen Fall!«

Nächste Woche, sah Pieter Jarosch auf seinem Kalender, begann bereits sein Tenniskurs. Bei David Cooper, einem Engländer. Lustig sollte der sein, hatte ihm das Mädchen aus dem Büro erzählt. Inzwischen hatte er sich auch das Buch von Lars Gustafsson besorgt, aber zum Lesen brauchte er viel Zeit, am liebsten ein ganzes Wochenende.

Vielleicht das nächste, dachte er, ehe er versuchte, noch einmal Jahn beim »Magazin« zu erreichen.

Drei Tage lang sei Herr Jahn auf Reisen gewesen, hatte ihm die Sekretärin erklärt. Dann hatte er endlich den Herausgeber in der Leitung, konnte nach langem Hin und Her einen Termin bekommen.

»Sagen wir Dienstag vormittag«, schlug Jahn ihm vor. »Nicht im Büro. Bei mir zu Hause. Fragen Sie meine Sekretärin, wo das ist«, befahl Jahn dem Polizisten. »Wiedersehen!«

Jarosch verließ heute bereits gegen fünfzehn Uhr sein Büro, die Ergebnisse der Spurensicherung und das Obduktionsergebnis in einem Umschlag unter dem Arm. Im »Cinema« am Steindamm, nicht weit vom Polizeihochhaus entfernt, lief ein neuer, deutscher Film. »Va Banque«. Handelte von einem Überfall und vom Tennis. Musik von Achim Reichel. Ehe er sich mit den ganzen unerfreulichen Einzelheiten um Eberhards Tod vertraut machen wollte, würde er sich zunächst einmal bei diesem Film zerstreuen. Hoffentlich.

Eberhard Schütz' Tod resultierte aus einer Kette von Ursachen, hieß es vorsichtig in dem Bericht. Auszehrung, Alkoholismus, Nikotinsucht, Medikamentenmißbrauch und Drogen gehörten dazu. Welche dieser Gifte allerdings zum Tod geführt hatten, ließ sich mit Bestimmtheit nicht mehr sagen. Der Leichnam wurde schließlich erst zwei Wochen – mindestens, stand im Protokoll in Klammer – nachdem der Tod eingetreten war, gefunden. Genauere Einzelheiten zum Zustand der Leiche am Ende des Protokolls. Während Pieter Jarosch diese genaueren Einzelheiten überblätterte, schlug er gleichzeitig den Bericht der polizeilichen Spurensicherung auf. Die meisten Fingerabdrücke, die sie in der Wohnung gefunden hatten, stammten vermutlich von dem Toten, dem Bewohner der beiden Zimmer im Falkenried, vermerkte das Protokoll hölzern. An den Türen, an den Möbeln, am Geschirr, am Aschenbecher, den Zigarettenkippen, den Dutzenden von Flaschen fanden sich überall dieselben Abdrücke, vermutlich die von Schütz. Doch merkwürdig: Am gesamten Fixerbesteck, also den Utensilien zum Mischen, Aufkochen und Verabreichen des Heroins, hatten die Kollegen Spurensammler die Fingerabdrücke einer anderen Person gefunden. Vor allem die Spritze, mit der womöglich der letzte Schuß gesetzt worden war, wies eindeutig die Abdrücke einer anderen Person auf. Und diese Abdrücke hatte man auch an dem Joghurtbecher gefunden, in dem er, Pieter Jarosch, in der Nacht des 11. Oktober dem in die Wohnung eingedrungenen Reporter Wolf Hartter den Tee gereicht hatte.

»Schau, schau«, murmelte der Kriminalist, »der Herr Hartter.«

Konnte Schütz am Ende nicht einmal mehr selber spritzen? Oder hatte Hartter ihn einfach zu Tode gespritzt? Auf dessen Verlangen? Oder aus niedrigen Beweggründen, wie das so schön in der Amtssprache hieß? Der Polizist blickte gedankenverloren auf das Fleckchen Natur, das sich hinter seinem Reihenhaus befand. Jenfeld, Gartenstadt, hieß es in Hamburg. Der Wind blies die letzten Blätter dieses Herbstes von den Bäumen, grau stoben Wolkenfetzen über den Nachthimmel.

Das muß ich mir in Ruhe durch den Kopf gehen lassen, morgen, dachte der Polizist. Wollte einmal nicht an Schütz und Co. denken müssen, stellte den Fernsehapparat an, schon wieder Barschels obskurer Tod; holte sich ein Bier aus dem Kühlschrank, fingerte dann mit der Fernbedienung die paar Kanäle durch, die sie hier draußen hatten. In der City sollte es Straßenzüge geben, wo man an die zwanzig Programme empfangen konnte. Hier mußte man halt am Samstagabend mit dem »Sportstudio« und dem Spätfilm im Ersten vorliebnehmen.

10.

Was für ein Haus! Wie es da auf der Insel zwischen zwei Alsterläufen thronte. Ein Traum, ein paar Millionen wert, dachte Inspektor Pieter Jarosch, noch einmal auf die stuckverzierte Jugendstilfassade blickend, ehe er den Klingelknopf betätigte. Stand gar kein Name dabei. Die hohe Tür war mit Ornamenten verziert, Lilien, geschnitzt. Ein leises Summen, und das schwere Ding ließ sich erstaunlich leicht aufdrücken. Jarosch trat zunächst in einen schmalen Flur, der rechts wie links verspiegelt war. Eine zweite, diesmal schwarz gebeizte Tür versperrte den weiteren Weg ins Innere des Hauses. Die wurde jetzt von einem Mann in Freizeitkleidung geöffnet: Alfred, das Faktotum, dachte Jarosch und nickte ihm heftig zu.

Alfred winkte ihn hinein, ein zweiter Flur tat sich auf, in den durch die verglaste Decke Tageslicht fiel, weiches, fantastisches Licht. Dieser zweite Flur war nur mit ein paar Grünpflanzen möbliert und einem Sessel, neben dem ein Telefon stand. Zehn, zwölf Schritte brauchte er, um diesen hohen Raum zu durchqueren, dann gelangte er an einen Durchbruch, der den Blick in einen Wintergarten freigab. Vor dessen Fensterscheiben, im milden Licht dieses Vormittags, stand Jahn, der Herausgeber, hinter sich nur Himmel und die Außenalster, vollkommene Ruhe, bezauberndes Licht. Und alles so leer, als ob man gerade erst eingezogen wäre. Oder bereits ausgezogen.

»Geschockt?« fragte Jahn den verdutzten Jarosch. »Was dachten Sie, würden Sie hier vorfinden?« meckerte er, »Biedermeier? Barock? Empire? Falsche französische Impressionisten?«

Der Polizist grinste verlegen, dann sagte Jahn: »Kommen Sie, ich führ' Sie in den gemütlichen Teil meines Hauses.«

Er trat auf Jarosch zu, nahm ihn beim Ärmel, schob ihn zurück in die helle Halle, dann durch eine Tür am anderen Ende und in sein Arbeitszimmer.

»Mein Arbeitszimmer«, sagte der Herausgeber tatsächlich.

Mitten im Raum stand ein kleiner Fernsehapparat auf einem leeren Bierkasten, an einer Wand, von der jedoch etwas abgerückt, eine dunkle Ledercouch. Hinter der Couch reckte sich eine Palme hervor, bei deren Bottich ein zweiter Bierkasten stand, voll, versteht sich. Jever.

»Ich trinke gerne à la Zimmertemperatur.«

Ich träume, dachte der Polizist, nein, lachte er in sich hinein.

Der Fernsehapparat lief ohne Ton. Auf der Fensterbank stand ein Glas Bier, halbvoll, daneben ein zweites leeres. Für ihn? Unter dem Fenster stand noch ein seltsamer Stuhl, ein ungemütlich aussehendes Ding mit kleinem Sitz und steiler Lehne.

»Starck«, sagte Jahn. »Von Philippe Starck, dem Designer entworfen. Habe ich einmal von irgend jemanden geschenkt bekommen. Paßt gut in den Raum, finden Sie nicht auch?« Dann fügte er noch hinzu: »Setzen Sie sich doch – wohin Sie wollen.«
Jarosch nahm auf der Couch Platz und gewahrte von da aus über der Tür eine Schwarzweißfotografie von dem Verlagshaus am Hafen; hart kopiert, wirkte sie wie eine Grafik. Auf einmal kam dem Polizisten alles so bekannt vor in diesem Stück.
»Hat Herr Schütz Sie hier öfter besucht?« fragte er Jahn.
»Nee. Niemals.«
»Und Fräulein Moni?«
»Logisch.«
»Warum hat Eberhard Schütz Ihr ›Magazin‹ so plötzlich verlassen?« Jarosch fragte den Herausgeber ganz ohne Argwohn, von Holsteiner zu Holsteiner sozusagen.
»Viele Gründe«, gab der lediglich zur Antwort. Wollte der den Mundfaulen spielen? Dann aber legte Jahn los.
Schütz sei auf seinen, Jahns, ausdrücklichen Wunsch in die Kulturredaktion eingetreten. Er sollte frischen Wind in die vermiefte Etage bringen. Was ja auch gelang. Mit seinen ersten Artikeln hatte Schütz nicht nur den Kulturteil des »Magazin« ins Gerede gebracht, sondern das ganze »Magazin«.
»Wenn man sich jede Woche am Kiosk verkaufen muß, kann es nicht schaden, im Gerede zu sein.«
Logo, nickte der Polizist.

Schütz' Artikel, fuhr der Herausgeber fort, wurden von Mal zu Mal schärfer. Wütend schrieb Schütz um sich, bald griff er jeden der Großen des bundesdeutschen Kulturbetriebs an. Ohne Tabus.

»Draußen im Lande«, sagte der Herausgeber ironisch, »nannte man ihn bald den Reißwolf vom ›Magazin‹.«

Als es zum Vorwurf kam, das »Magazin« verbreite mittels Eberhards Artikel antisemitisches Gedankengut, wurde der Herausgeber hellhörig.

»Das war natürlich Quatsch. Schütz hatte einen Kritiker, den Kritiker der Kritiker, angegriffen. Und der ist zufällig Jude.«

Allerdings bat er, Jahn, daraufhin Schütz um ein Gespräch; eines von vielen, die sie im Lauf der beiden Jahre, die sie zusammen arbeiteten, geführt haben. Jarosch unterbrach Jahns Redeschwall.

»Sind Sie mit Herrn Schütz auch privat zusammengekommen? Außerhalb des Verlags, meine ich.«

Pause. Schweigen.

»Sie wissen vielleicht, daß wir einen gemeinsamen Urlaub verbracht haben. Vorletzten Sommer. In meinem Haus auf der Insel.«

Seitdem hätten sie auch viel privat miteinander verkehrt. Ein feines Grinsen umspielte seinen Mund. Er und Schütz seien oft miteinander Saufen gewesen, sagte er grob. Manchmal sei auch Eberhards Freundin Moni dabeigewesen. Ein ganz normales Verhältnis unter Erwachsenen, ohne Geheimnis-

tuereien, ohne verstohlene Blicke und ohne heimliches Gedrücke.
»Ich habe eine Schwäche für blonde Frauen von Monis Art.«
»Lassen Sie uns noch einmal auf Ihren gemeinsamen Urlaub zurückkommen. Es ist ein Unfall passiert. Der wird im übrigen in dem Manuskript, von dem ich Ihnen erzählt habe, beschrieben; ziemlich detailliert beschrieben«, sagte Jarosch nachdrücklich. »Wer war bei dem Unfall noch Zeuge?«
»Nur Eberhard, aber der war ja ziemlich angesoffen.«
Moni sei erst dazugekommen, als das Unglück bereits geschehen war. Es sei ein Unfall gewesen, betonte der Herausgeber noch einmal pampig.
»Ein Unfall! Ich gebe zu, daß wir beide Streit hatten, Anke und ich. Daß es ein Gerangel gab und sie dabei ins Wasser fiel. Ich habe sofort versucht, ihr zu helfen, wollte sie rausfischen mit so einer langen Stange, aber es war zu spät.«
Jahn wollte über dieses Thema nie wieder reden. Doch, noch einen Satz: »Anke ist nicht ertrunken! Aber das wissen Sie sicher bereits. ›Schneller Herztod‹, sagt man wohl. Schock. Die Dame führte ein ziemlich rasantes Leben, wenn ich mich einmal so ausdrücken darf. Tabak, Drogen, Alkohol, Sex.«
Der Herausgeber nickte genießerisch und verschränkte die Arme vor der Brust. Genügt Ihnen das, Herr Polizist, sollte wohl Jahns Blick bedeuten.
»Hatten Sie damals schon eine Beziehung zu Moni Asmussen?«
»Nein.«

»Wie hat Schütz denn reagiert, als er erfuhr, daß Sie ein Verhältnis mit seiner Freundin hatten?«

»Er machte ihr eine Szene, habe ich gehört.«

Im Umgang mit Jahn ließ Schütz sich lange Zeit nichts anmerken. Das fand er unfein, der Chef. Eberhard verkehrte immer noch freundschaftlich mit ihm. Allerdings habe er in letzter Zeit immer etwas abwesend gewirkt. Aber das hatte Jahn auf die Querelen geschoben, die Eberhard in seinem Ressort hatte. Und die gingen ihn, den Herausgeber, zunächst nichts an. Das waren Probleme, die der Ressortleiter und sein Redakteur miteinander ausmachen mußten.

»Schade um so einen guten Mann«, bemerkte der »Magazin«-Herausgeber.

Erst als sie die Querelen zu ihm in den dreizehnten Stock hinauftrugen, sah er sich genötigt, einzugreifen.

»Sie? Wer?«

»Die beiden Streithähne, Schütz und Hartter. Grotesk, was die sich hier vor mir einander vorwarfen. Hartter beschuldigte Schütz, Intimes aus unserem Urlaub auszuplaudern. Vor allem: seine Artikel nicht selber verfaßt zu haben! Schütz warf Hartter vor, sich Leserbriefe zu bestellen, schlimmer, Leserbriefe zu türken, zu fälschen. Und wollte den Beweis dafür antreten.«

Jahn, erregt auf einmal, fuhr sich mit der Hand über die dünnen Härchen auf der Stirn und fuhr pathetisch fort: »Fälschen! Wissen Sie, was das in unserem Gewerbe bedeutet, Herr Polizist? Dann will ich's Ihnen sagen: Vertrauensverlust, Leserflucht, Anzeigenrückgang, rote Zahlen. Den ›Stern‹ haben die falschen Hitlertagebücher 'ne Halbe Million Leser gekostet. Der hat sich bis heute davon nicht erholt. Und der Fälscher sitzt immer noch im Knast.«

»Und? Erbrachte er den Beweis?«

»Ja.«

Also flog zuerst Hartter aus dem Verlag, »ohne Abfindung«, betonte der Herausgeber.

Jarosch sah auf einmal das Motiv sich herauskristallisieren.

»Aber es kam noch schlimmer«, seufzte der Herausgeber. »Ein Bier, Herr Kommissar?«

»Prost.«

»Um sich zu beweisen, fing Schütz an, Amok zu laufen. Journalistisch, meine ich«, jammerte der »Magazin«-Eigentümer.

Auf einmal wurde aus allen Rohren aus seinem »Magazin« geschossen. Auf seine alten Freunde, Biermann, Schneider, Hildebrandt, Höfer und wie sie alle hießen! Degenhardt und Co.

»Schütz war dabei, mein Blatt kaputtzuschreiben.«

Daher bat er Eberhard inständig, sich zu mäßigen.

»Dann schrieb er überhaupt nichts mehr«, lachte Jahn. »Tat so, als ob er im Hause nichts mehr zu suchen hätte. Dabei war er doch fest angestellter Redakteur. Zehntausend im Monat. Plus Urlaubsgeld. Plus Weihnachtsgeld. Plus Tantieme und so weiter! Plus Mitbeteiligung. Böses Blut gab das im Haus«, sagte Jahn. Dann unvermittelt: »Was ist das für ein Manuskript, von dem Sie gesprochen haben? Das Sie bei Eberhard gefunden haben wollen?«

»Eine Art Tagebuch einerseits. Eine Art Tatsachenroman andererseits. Ich kann das noch nicht so richtig abschätzen. Ich denke, ein bißchen Wahrheit und ein bißchen Phantasie gemischt.« Und Sie, Herr Jahn, dachte er freundlich, tragen gerade etwas zur Aufhellung bei.

»Wie gesagt«, fuhr Jahn fort, »Eberhard benahm sich hier im Hause immer merkwürdiger. Er platzte bei mir immer öfter und immer unangemeldet herein, als ob er gewisse Vorrechte hätte. Ich glaube, er ahnte, daß seine Tage gezählt waren. Hier im Verlag, meine ich. Er hielt sich allerdings wohl auch für unverwundbar. Wir waren schließlich befreundet, irgendwie.«

Eines Tages kam er wieder unangemeldet hoch, ziemlich angetrunken. Jahn hatte überhaupt keine Zeit für Persönliches. Traf Reisevorbereitungen, hatte Interviewpläne. Und so weiter. In Fuhlsbüttel wartete der Privatjet.

»Eberhard stand vor meinem Schreibtisch, in seiner lähmend langsamen Art um Worte ringend. Stammelnd, faselnd. Pochte immerzu mit dem Zeigefinger auf den Schreibtisch. Wahrscheinlich war er auch bekifft, was weiß ich. Ich verstand erst gar nicht, was er wollte. Ich drohte, ihn rauszuschmeißen. Aus dem Büro, natürlich. Langsam kam er damit heraus, daß er alles, was sich zwischen uns dreien zugetragen hatte, veröffentlichen wollte. In einer Art Buch.«

Jarosch merkte wieder auf.
»Ankes Unfall. Moni. Monis Schwangerschaft. Monis Abtreibung. Unsere Saufabende. Unsere Schnupfparties. All das.«
Ich warne dich, habe Schütz immerzu gestammelt und dazu mit dem Finger den Rhythmus auf die Marmorplatte geklopft. Ich warne dich. Tack-tack-tack-tack.
Du willst mich doch nicht erpressen? habe er, an Eberhards Verstand zweifelnd, dann gefragt. Und scherzhaft gemeint: Auf Erpressung steht in St. Pauli die Todesstrafe.
Jahn lachte auf, peinlich berührt.
Verschwinde jetzt, habe er nur noch Eberhard angeherrscht. Komm wieder, wenn du nüchtern bist!
»Und, kam er wieder?«
Na klar. Eberhard wollte einen neuen Job von ihm, einen Auslandsjob. Er wollte nach Irland gehen.
»Stellen Sie sich vor, Eberhard wollte als ›Magazin‹-Korrespondent nach Dublin. Was für eine groteske Idee! Daran sehen Sie, daß der Mann krank war, nicht mehr ganz richtig im Kopf. Ausgerechnet Dublin!«
Dublin oder Auspacken, vor diese Alternative stellte ihn sein Redakteur.
»Dublin oder rausschmeißen?« fragte Jahn dann sofort Eberhards Ressortleiter, Doktor Wendig.
Und Wendig sagte: »Raus mit ihm!«
Vielleicht hatte Jahn gehofft, Wendig würde »Dublin« und »Guinness« sagen, ging es Jarosch durch den Kopf. Dann

hatten sie sich schnell voneinander getrennt, in beiderseitigem Einvernehmen, wie das heißt.
»Das heißt, mit einer Abfindung?«
Schweigegeld, dachte der Polizist.
Jahn nickte unbewußt.
»Davon hat Eberhard wenigstens seine Schulden bezahlen können. Seine Spielschulden. Um die 50000 Mark.«
»Das paßte Ihnen doch in den Kram«, stellte der Polizist fest. »Erst Hartter, dann Schütz.«
»Ein Aufwasch«, antwortete Jahn.
Menscheneigentümer kam es Jarosch in den Sinn.
»Wußten Sie, was Schütz dann machte? Nachdem er Ihr Haus verlassen hatte?«
Jahn zuckte mit den Schultern.
»Tennisspielen, Zocken, Stütze abgreifen, wie man heute sagt. Weiß nicht. Er schrieb ja auch gelegentlich für andere Blätter.«
Unbedeutende Artikel in unbedeutenden Blättern, meinte der Herausgeber des »Magazin« damit.
»Wie haben Sie auf den Artikel reagiert, den Schütz in dieser unbedeutenden Hamburger Szene-Zeitschrift über Sie und das ›Magazin‹ geschrieben hatte? Letztes Jahr, zum vierzigsten Geburtstag des ›Magazin‹?«
Jahn schwieg, als ob er damit sagen wollte: So. Mit Schweigen. Manches nimmt man besser nicht zur Kenntnis. Nicht mal ignorieren hieß das in seinen Kreisen.
»Um keinen Staub aufzuwirbeln?«

»Genau!«

Als Pieter Jarosch den Herausgeber verließ, rief der ihm auf dem Flur noch nach, daß er ja nicht alles glauben solle, was sich schwarz auf weiß nach Hause tragen lasse.

11.

Witzig! Die Gustafsson-Lektüre machte tatsächlich Lust auf Tennisspielen. Pieter Jarosch packte einfach seine Sachen zusammen, dachte: Irgend jemand wird schon mit mir spielen, setzte sich in sein Auto und fuhr in den Klub am Hofweg in Winterhude.

Gedröhn im Klubhaus, hinten sah er David herumwuseln. Er hatte Zeit für ihn. Eine Stunde. Jetzt? Sofort!

Der Engländer bewegte sich mit jener Eleganz über den Platz, um die ihn so wuchtig geratene Menschen wie Pieter Jarosch beneideten. Tänzerisch, federleicht. Wie ein Pantomime, dachte Jarosch, als er den Lehrer auf der anderen Seite des Netzes laufen und den Schläger schwingen sah. Einfach schön, wie er aus dieser vorschriftsmäßigen Drehung den Ball mit dem offenen Schläger traf, den Schläger dann sanft ausschwingen ließ und mit einer ihm immer noch rätselhaften Bewegung den Schläger wieder in die klassische Ausgangsposition zurückführte. Alles eine fließende Bewegung, um wieder von vorne anzufangen.

»Seitwärts, Ausholen, Boing, Ausschwingen!« rief David dabei mit seinem englischen Akzent. Nice. In Fleisch und Blut

müsse einem das übergehen, sobald ein kleiner, gelber Ball geflogen komme, meinte David. Wie beim Autofahren.
»Da denkst du doch beim Schalten auch nicht mehr ans Kuppeln, oder?«
Seitwärts, Ausholen, Boing, Ausschwingen; Seitwärts, Ausholen. Alles klar? Der Kurs bei dem lustigen Engländer machte Jarosch Spaß. David war freundlich und offen. Von Eberhard sprach er voller Wärme und Sympathie.
»So kommt's,« sagte er einmal fatalistisch, »Tennis, Saufen, Zocken, Schreiben, Streiten, Weiber. Zuviel auf einmal für einen leicht gebauten Mann.«
In letzter Zeit war Eberhard nur noch sporadisch in den Klub gekommen, machte mal mit diesem, mal mit jenem ein Spielchen. Unschlagbar immer noch. Spät am Abend, nachdem er noch stundenlang am Spielautomaten gedaddelt hatte und abgefüllt an der Theke stand, erging er sich in merkwürdigen Andeutungen. Sprach von Plänen, denen niemand, der ihn so sah, Glauben schenken wollte. Ein wenig lächerlich waren diese Auftritte schon, doch was soll's. Alles vergessen, alles verziehen. Eberhard lallte von Dossiers, die er angelegt habe, über seine Freundin Moni und den großen Boß vom »Magazin«, über einen Kollegen, Hartter, glaubte David sich zu erinnern. »Härtter« sagte er. Sprach von langen, ewigen Reisen. Eberhard tat dann immer geheimnisvoll, verschwiegen, legte seinen Zeigefinger auf die Lippen, pst, pst, raunte: »Vielleicht wird ja einmal ein Buch daraus. Pst, pst, nicht weitersagen.«

Zumindest ein Schlüsselroman.
»Besser«, meinte Eberhard, »ein Enthüllungsroman. Und zwar mit einem gewissen Eberhard Schütz als Protagonisten.«
»Ein Bestseller!« brüllten sie dann alle vor Heiterkeit. Um ihre Verlegenheit zu überspielen, schlugen sie Eberhard tüchtig auf die Schulter und zerstreuten sich dann in alle vier Himmelsrichtungen.
Moni, Jahn, Hartter und die anderen würden sich noch wundern, sagte Eberhard. Er war oft so abgefüllt, daß sie ihn zu zweit ins Taxi schleppen mußten, tja.
Eben kam Jahn zur Tür herein, ging stracks auf Jarosch zu und sagte: »Ich kenne Sie, Sie sind der Polizist.«
Kein Vorwurf.
»Richtig.«
»Was macht Ihr Fall?«
»Ich wollte Sie heute noch anrufen.« Dann sagte Jarosch grausam: »Übermorgen kann Schütz bestattet werden.«
Noch vom Tennisklub, vom Tresen aus, auf dem das Telefon stand, rief Pieter Jarosch den Starreporter Wolf Hartter beim »Magazin« an. Nebenan, im Büro, war Eberhards Bild von der Pinnwand verschwunden.

Keine Annoncen. Keine Nachrufe. Nur die Sensationspresse meldete sich zu Wort. Eberhards Eltern hatten sich Jahns Teilnahme an der Zeremonie verbeten. Jahn ließ einen Kranz in der Trauerhalle niederlegen. »Meinem Freund zum Abschied. R. J.«, stand darauf. Moni war da, Eberhards Eltern, zwei alte, graue Leute aus der Provinz, Jarosch sah Doktor Wendig und Wolf Hartter vom Friedhof eilen, als es zu Ende war.

Hartter. Überdosis Rauschgift, ging es dem Polizisten wieder durch den Kopf, als er sich mit dem Taxi in sein Polizeihochhaus zurückfahren ließ.

»Beim Strohhause«, sagte er dem Fahrer ein wenig zu euphorisch, so daß der einen irritierten Blick nach hinten warf. Draußen begann es, leise zu regnen, Sprühregen heißt das in Hamburg. Jarosch stellte sich schnell eine Insel im Mittelmeer vor.

Hartter empfing den Polizisten mit seinem feisten Lächeln.

»Treten Sie ein. Was macht Ihr Fall? Tee? Bier?«

Auf der Treppe zur Hartters Wohnung war der große Polizist etwas aus der Puste geraten. Hohe, prächtige Treppen in einem weiten, lichten Treppenhaus. Nobel. Dreihunderttausend Mark koste so eine Wohnung, sagte Hartter, als er sah, wie sich der Polizist verstohlen umblickte.

»Kommen Sie, ich zeige Ihnen meine Pracht.«

Vom dämmrigen Flur ging es in einen großen Raum, genauer, in zwei ineinandergehende Zimmer. Parkettboden, hohe Wände, große Hamburger Fenster, Schallschutz natürlich. In der Ecke stand ein weißer Kachelofen. Hartters Arbeitszimmer lag nach vorne zur Rothenbaumchaussee. Drei Wände nur mit Bücherregalen vollgestellt, in der Mitte des

Raums stand eine kleine Ledercouch, davor ein schwarzer Fernsehapparat auf einem schwarzen Fuß. Vor dem Fenster, mit Blick auf die Kastanien und den Rasen eines kleinen Parks, stand ein alter, verzierter Eichenschreibtisch. Darauf eine Schreibmaschine, auch antik, wohl aus den dreißiger Jahren. Mercedes hieß sie wie das Auto. Der Papierkorb rechts neben dem Schreibtisch war voller Schnipsel, zerrissene Blätter, halbgeschriebene Seiten. Ein Heimarbeiter.

»Hier entsteht gerade ein Artikel über einen berühmten deutschen Schriftsteller. Strauß heißt er, doch nicht Franz-Joseph.«

Nie gehört, wie? Hartter wollte ironisch sein, dem Polizisten Unterlegenheitsgefühle suggerieren angesichts der vielen Bücher, Texte, Zeitungen und Zeitschriften, dieser ganzen wichtigtuerischen Kulisse.

»Auf Ihren Herrn Strauß!« prostete der Polizist dem Reporter zu. »Beschreiben Sie bitte einmal das Verhältnis, das Sie zu Eberhard Schütz hatten.«

Ganz gut sei das zunächst gewesen, meinte der Befragte. Klar, sie waren beide Konkurrenten beim »Magazin«, aber das waren ja letztlich alle Kollegen untereinander. Nichts Ungewöhnliches also. Mit der Zeit war ihr Verhältnis allerdings schlechter geworden.

»Als Schütz mir mit seinen schnellen Artikeln in die Quere kam.«

Er fälle damit kein Qualitätsurteil. Damals hätten beide angefangen, miteinander zu streiten, auch laut, auf dem Flur im siebten Stock.

»Wenn Sie billig Zeugen brauchen ...«

»Sie ahnen es vielleicht nicht, Herr Doktor Hartter, aber Sie sind tiefer in den Fall Schütz verwickelt, als es zunächst den Anschein hatte.«

Hartter tat verdutzt. Zog das halbgeschriebene Blatt aus der Maschine, legte es auf einen Stapel anderer, bereits beschriebener, mit dem Text nach unten. Sie stören meine Kreise, sollte das bedeuten.

»Können Sie sich nicht genauer ausdrücken?«

»Wir haben Ihre Fingerabdrücke auf dem Spritzbesteck von Schütz gefunden. Vor allem auf der Spritze, mit der Schütz der letzte Schuß gesetzt wurde. Und zwar nur Ihre Fingerabdrücke, keine anderen!«

Jarosch blieb freundlich. »Haben Sie dafür eine Erklärung? Oder wollen Sie lieber Ihren Anwalt anrufen?«

»Erklärung! Erklärung!« brauste Hartter auf. Langsam geriet er ins Schwitzen, man roch es. »Ich hatte Ihnen bereits in der Nacht in Eberhards Wohnung gesagt, daß ich Eberhard regelmäßig besucht habe. Aus alter Kameradschaft sozusagen.« Hartter grinste wieder.

Dabei habe er auch immer etwas zum gemütlichen Beisammensein beigesteuert, freundschaftliche Mitbringsel.

»Dit und dat würde Eberhard gesagt haben, Bier, Wein, Schnaps, mal ein bißchen Stoff. Konsum ist doch nicht verboten, oder?«

»Die Spritze?«
Zugegeben, auch die habe er Eberhard einmal besorgt.
»Schütz ist ja gar nicht mehr in der Lage gewesen, sich seine Lebensmittel selber zu besorgen«, sagte Hartter vieldeutig. »Nicht mehr in der Verfassung. Er hockte ja nur noch apathisch in dieser gräßlichen Wohnung, der Fernseher lief andauernd, und er wartete auf meine Lieferungen.«
»Haben Sie zusammen von den diversen Rauschmitteln genommen?«
»Bewahre! Mein Gott, nein!«
Theatralisch hob Hartter die Hände. Seine Achselnässe hatte bereits Kreise gezogen. Gelegentlich habe er vom Wein genascht, aber nie vom Rauschgift. Er sei ja nicht verrückt.
»Ist Ihnen eigentlich nicht klar gewesen, daß Sie mit Ihren Heroinlieferungen Schütz langsam den Garaus machten?« fragte der Polizist gespielt naiv.
Hartter griente fett. »Ich sah mich eher als eine Art Barmherziger Samariter ...«
Jetzt verlor Jarosch doch ein wenig seine holsteinische Gelassenheit. Bei Hartter begann das rechte Augenlid zu zucken. Vegetative Nervosität, nicht kontrollierbar.
»Mir ist nicht mehr nach Scherzen zumute, Herr Hartter. Ich fasse einmal zusammen, was man Ihnen im Zusammenhang mit dem Tod von Eberhard Schütz vorwerfen könnte: Einbruch, Rauschgifthandel, vielleicht Beihilfe zum Selbstmord, oder, wenn Sie wollen, Totschlag. Jedenfalls: unterlassene Hilfeleistung. Denken Sie an Ihre Fingerabdrücke an der

Spritze. Ihr Motiv? Das reicht aus: Rache. Schütz haben Sie es jedenfalls zu verdanken, daß Sie als erster aus dem Verlag geflogen sind. Reicht Ihnen das fürs erste?«

Hartter hatte bereits zum Telefon gegriffen, hatte auch schon seinen Freund und Anwalt Ecki am Apparat. Hatte nichts von seiner grinsenden Überheblichkeit verloren.

»Hast du mal Zeit für mich, Ecki? Bei mir sitzt ein Polizist, der mir ein paar unangenehme Dinge im Zusammenhang mit dem Tod von Eberhard Schütz anhängen will.«

Dann wandte er sich wieder Jarosch zu, immerzu grinsend, ganz heiter.

»Wenn ich mit seinem Tod zu tun gehabt hätte: Warum sollte ich dann vierzehn Tage später wieder auftauchen. Bei dem längst Verschiedenen, also ...?«

»Sagen Sie ruhig: heimlich auftauchen! Aus einem klassischen Motiv natürlich. Um Spuren zu verwischen! Vielleicht haben Sie auch nur das gesucht, was ich gefunden habe: das Manuskript. Ich werde Ihnen das alles nachweisen, Herr Hartter!«

»Hast du gehört, Ecki?« Hartter, immer noch den Hörer in der Hand, immer noch den Anwalt in der Leitung.

»Könnten wir morgen um dieselbe Zeit das Interview in Anwesenheit meines Anwalts fortsetzen?«

»Gerne. In meinem Büro.«

Jarosch ließ sein Glas auf Hartters Schreibtisch stehen und verließ den Reporter mit einem Kopfnicken.

Dich kriege ich zu fassen, Bürschchen, auch wenn die ganze

Bagage Schuld am Tod des Tennisspielers hat, dachte der Polizist unversöhnlich. Sprang leichtfüßig die Stufen in Hartters prächtigem Haus hinunter, lief hinüber zur U-Bahn am Klosterstern. Ich freu' mich aufs Büro. Auf allen Hamburger U-Bahnhöfen hingen derzeit diese albernen Plakate.

Hartters Anwalt und Freund war ein kleines hageres Männchen: »Ecki Höhl«, stellte er sich förmlich vor. Feuchte Pfoten. Um die beiden zu beeindrucken, hatte Jarosch seinen Kollegen Michaelis sowie eine Sekretärin, die mitstenografieren sollte, hinzugebeten.
»Können Sie sich vorstellen, Herr Hartter, daß Eberhard Schütz Selbstmord begangen hat?«
»Klar. Logisch!«
Das ist es, dachte der Polizist. »Hat er aber nicht«, sagte er statt dessen. »Erstens haben wir keinen Abschiedsbrief gefunden, zweitens weist die Spritze, mit der er mit höchster Wahrscheinlichkeit zu Tode gekommen ist, lediglich Ihre Fingerabdrücke auf, Herr Hartter. Noch einmal: Haben Sie dafür eine Erklärung?«
»Nein«, sagte Ecki, der Anwalt.
»Dann können Sie mit einer Anklage rechnen. Danke schön.«
Als die beiden Angeber gegangen waren, locker miteinander tuschelnd, scherzend, ganz heiter, ganz sorglos, blätterte Pieter Jarosch noch einmal im Manuskript des Toten; sah sich noch einmal die schrecklichen Fotos der Leiche an; betrach-

tete die Bilder, die der Fotograf von der verwahrlosten Wohnung gemacht hatte. Schlug noch einmal diese Art Tagebuch auf, in dem der Tote über sein letztes Rendezvous mit Moni geschrieben hatte, im Eppendorfer »Wienerwald«, in der Ichform. Dann machte er das Fenster auf, weit, um Hartters beißenden Geruch hinauszulassen. Blätterte wieder und wieder in den Unterlagen, rieb sich die Stirn und Nasenwurzel. War Schütz ein Selbstmordkandidat? Sein Lebenswandel war selbstzerstörerisch genug. Seine menschlichen Beziehungen kaputt. Seinen Job hatte er schon vor mehr als einem Jahr verloren. Auf der anderen Seite berichteten seine Freunde und seine ehemalige Freundin von ihm als von einem Menschen, den Heiterkeit und Gelassenheit umgab, Frohsinn, Witz. Gut, Moni sagte »Wurschtigkeit«, David sagte »Schwerelosigkeit«. Demnächst, hatte David ihm noch erzählt, wollte Eberhard nach Israel fahren, das Land seiner Sehnsucht. Macht jemand mit konkreten Reiseplänen Selbstmord? Nein, entschied Jarosch.

Komisch, daß Schütz in seinem Manuskript sich nie über seinen Dealer ausgelassen hatte. Ehe Jarosch losging, noch einmal die Wohnung des Toten zu inspizieren, blätterte er noch einmal in dem Packen Papier. Zum wievielten Male wohl? Entnahm da und dort ein Blatt, steckte die Seiten in einen Umschlag. Dann lehnte sich Polizist Pieter Jarosch in seinem Sessel zurück, ganz entspannt, legte die Beine auf den häßlichen Schreibtisch und pfiff durch die Zähne ein Lied. »Ich weiß nicht, was soll es bedeuten.«

Wenn das hier vorbei war, würde er vielleicht beim »Magazin« einen richtigen Sicherheitsdienst aufbauen.

Die Eingangstür zu Eberhard Schütz' Wohnung trägt immer noch dieses weiß-rote Siegel, das man Kuckuck nennt. Dabei ist lediglich das Hamburger Stadtwappen abgebildet, die Hammaburg, sowie der Schriftzug »Staatsanwaltschaft«. Hände weg, soll das heißen. Jarosch löst das Siegel von der Tür, schließt auf, betritt, schon wieder neugierig, schon wieder mit dem Kitzel des Kriminalisten, die seit zwei Wochen leerstehende Wohnung. Nur in der kleinen Küche sind die Klappen der Oberlichte noch geöffnet. Vorne, im Wohn-, Arbeits- und Sterbezimmer von Schütz, sind die Fenster geschlossen und die Vorhänge zugezogen. Leicht riecht es nach Staub und Kühle. Jarosch macht Licht und schaut sich noch einmal in dem Raum um. Das Bücherregal mit den paar Büchern und den vielen Zeitschriften. An seiner Seitenwand hängt ein Zettel mit verblichenem Gekritzel: »Waren gegen elf Uhr hier, um dich auf einen Schluck mitzunehmen. Schade! Moni und Jahn.« Ausrufezeichen, darunter ein Lippenstiftkußabdruck. Jarosch nimmt sich dieses abgeschmackte Buch »Gebrauchsanweisung zum Selbstmord« aus dem Regal, er wird es wohl nachher in den Isebekkanal werfen. Besieht sich den Schrank über dem die beiden Tennisschläger so schön gekreuzt hängen. Oben drauf liegt immer noch die Sporttasche bereit, als wollte jemand jeden Augenblick damit das Haus verlassen. Tennis, Tennis, Tennis.

Die Unordnung ist beseitigt, der Schmutz, die Staubkugeln, die um die Matratze flogen, als die Polizisten damals eindrangen. Auch die vielen zerknüllten Tempotaschentücher. Auch die Matratze hatte man entfernen müssen, klar. Blind steht der Fernsehapparat jetzt mitten im Raum. Jarosch geht zur Arbeitsplatte am Fenster, unter der dieser Kasten auf Rädern steht, der mit den drei Schubfächern, in denen er Papier, das Manuskript und die Ami-Pornos gefunden hat. Immer noch der Packen leeres Schreibmaschinenpapier.
Er blättert jetzt auch noch einmal die Pornosammlung des Journalisten durch. Neugierig, ein wenig erregt, klar doch. Dieses debile Lachen, das die Weiber im Gesicht tragen. Dieses aufgeblühte Rosa. Das Verspritzte, das die Kerle so stolz wie kleine Jungens vorzeigen.
Dann sieht er ihn zwischen den Seiten des Schweinkrams hervorlugen. Einen kleinen, grauen Umschlag, Umweltschutzpapier, adressiert »An das Ferkel, das gerade in meiner Intimsphäre kramt«. Einen seltsamen Humor hatte der Sportsfreund! Doch wo ist die Schreibmaschine? Jarosch macht die Schranktüren auf, fährt mit der Hand zwischen die Klamotten, Jacken, Mäntel, Pullover, alles hängt und liegt da drinnen durcheinander. Noch ein Tennisschläger kommt zum Vorschein, ein hölzerner, alter Prügel; noch ein paar sandige, zerschlissene Tennisschuhe. Noch ein paar zerfledderte Zeitschriften. Jarosch sieht dann ganz unten in dem Regal nach, bei den Schallplatten und den Videokassetten. Wenige Platten hat Schütz sich geleistet, Ami-Schnulzen, Stones, Rock

aus den Sechzigern. Und Videobänder der letzten Wimbledon-Endspiele, Becker, Wilander, Edberg, McEnroe, Borg. Dann geht der Polizist in die Küche, macht den Kühlschrank auf, eine Art Reflex für einen durstigen Mann. Ranzige Butter und eine Flasche Selters. Ausgerechnet, denkt der Polizist, viel zu kalt. Dann zieht er den komischen Schrank auf, der rechts neben der Tür und der Küchenzeile in die Wand eingelassen ist. In den Schütz seine Schuhe reinwarf sowie die Dinge aufbewahrte, von denen er sich nicht trennen konnte, Souvenirs vom Meer, Steine, schöne Flaschen, Bierkrüge. Ganz oben, auf dem letzten Brett in diesem komischen Schrank, steht sie, die Schreibmaschine des Journalisten. Ohne Koffer, abgestoßen, staubig. Jarosch nimmt sie herunter und stellt sie auf den kleinen Küchentisch. Sieht nach, ob man ihn von draußen beobachten kann, zieht dann den Vorhang zu. Dann staubt er die Maschine mit einem Tempo ab, nimmt aus dem Umschlag, den er vom Büro mitgebracht hat, ein Blatt heraus, die letzte Seite von Eberhards Manuskript. Er spannt die Seite in die Maschine, überlegt ein Weilchen, nur einen Satz lang. Schreibt dann: *Gott sei Dank kommt Hartter heute noch mit Stoff.* Punkt. Mehr nicht. Das ist fortan der letzte Satz in Eberhards Manuskript. Dann nimmt der Polizist das Blatt wieder aus der Maschine und schiebt es sorgsam in den mitgebrachten Umschlag zurück. Auf das zweite Blatt, genau in den Raum, den Schütz zwischen zwei Absätzen freigelassen hat, schreibt Jarosch noch leichthin: *Spitze, Spitze, Hartter mit der Spritze.*

Halbe Zeile genügt. Nachdem er auch das zweite Blatt vorsichtig aus der Walze gezogen und es in den Umschlag gesteckt hat, wischt der Polizist noch die Tastatur der Maschine mit seinem Tempotaschentuch ab. Er kennt ja seinen Job. Dann hebt er die schwere, metallene Maschine hoch und stellt sie in den Wandschrank zurück. Wischt noch die Seiten ab, wo er sie gepackt hat. Dann schlägt er noch ein paar von den Schlappen, die er unten im Wandschrank findet, über der Maschine aus, auf daß sie so staubig sei wie zuvor. Noch einmal kehrt er in den Raum, wo man den Toten fand, zurück, um sich ein allerletztes Mal umzuschauen. Auch so, denkt er bei sich, kann einem ein gänzlich Fremder zum Freund werden.

Im Falkenried weht der übliche naßkalte Wind. Jarosch zieht sich den Schal noch fester um den Hals. Bedächtig steigt er die paar Stufen, die zum Hochparterre dieser merkwürdigen Siedlungshäuser führen, hinab und läuft langsam die Löwenstraße entlang in Richtung Lehmweg.
Eine Oase, denkt er, ein schönes, ruhiges Stück Eppendorf inmitten der lärmverseuchten Großstadt.
An der Ampel muß er warten, weil ein verrückt gewordener Motorradfahrer noch röhrend durchrast. Pest! Der Chinese an der Ecke zündet eben die Lichter an. Aus seiner Küche dringen bereits diese feinen, undefinierbaren Gerüche. Jarosch läuft über den kleinen Spielplatz, der da, wo der Lehmweg in den Eppendorferweg mündet, eine spitze Insel bildet.

Junkie-Insel. Dann weiter über den Isebekkanal in Richtung Isestraße, weg mit dem verdammten Buch. Den Abschiedsbrief wird er zu Hause ordentlich vernichten. Dann geht er weiter unter der U-Bahn durch, die die Isestraße in der Mitte als Hochbahn durchschneidet. Jarosch besieht sich neugierig die mächtigen, gepflegten Jugendstilhäuser im Jungfrauenthal. Die Gegend hier macht einen ausgestorbenen Eindruck. Keine Läden, keine Kneipen, kein Großstadtflair. Fade Parklandschaft. Die Spießer haben ihre blankgeputzten Autos brav in Reih und Glied geparkt, die Schnauze Richtung Vorgärtchen.

In dieser Ecke also soll die halbe »Magazin«-Belegschaft wohnen. Jarosch sieht in getönte, hohe Räume, stößt mit dem Blick an dezent beleuchtete, schmale Jalousien. In Vorgärten raschelt ewig der Rhododendron, das eigentliche Wahrzeichen der Hansestadt, kühl, grün, wächsern.

Gesetzt aus der Sabon
Einbandmotive: Bavaria Bildagentur
Satz: Satz für Satz,
Barbara Reischmann, Leutkirch
Druck und Bindung: Clausen & Bosse, Leck
Printed in Germany
ISBN 3-85842-340-8